© 2023, Cédric TOFFIN

Édition : BoD – Books on Demand, info@bod.fr

Impression : BoD – Books on Demand, In de Tarpen 42, Norderstedt (Allemagne)

Impression à la demande

ISBN : 978-2-3225-0235-6

Dépôt légal : Octobre 2023

Agent Hily
Opération Chocolatines

Cédric TOFFIN

Préface

Salut,

Si vous vous apprêtez à lire ce bouquin, il y a des chances que vous ayez lu « Parallèles ». Vous attendiez « Perpendiculaires », eh bien non, c'était trop facile, trop mathématique, changement de thème !

Mon but, c'est de :
- vous faire passer un bon moment
- vous apprendre quelques petits trucs sur Bordeaux
- vous faire dire : ah, ça, je le savais déjà
- vous rappeler que Bordeaux, c'est cool
- faire sourire ma fille

De toute façon, vous serez mieux à lire ce bouquin qu'à :
- regarder des vidéos débiles sur les réseaux sociaux
- dormir ou glander
- vous empiffrer de chocolat devant la télé
- vous demander si la petite lumière dans le frigo est vraiment éteinte quand on referme la porte ?
- vous demander ce que boivent les employés de chez Nescafé pendant la pause-café ?
- vous demander pourquoi un demi de bière fait un quart de litre et non pas un demi-litre ?
- vous demander pourquoi plus il y a de gruyère et moins il y a de gruyère ? (parce que plus il y a de gruyère et plus il y a de trous et que plus il y a de trous et moins il y a de gruyère donc …)

« Bordeaux est un très bel endroit pour faire une belle histoire »

Mary Higgins Clark

« Bordeaux, c'est beau, et c'est au bord de l'eau »

Cédric Toffin

J - 4

Devant elle, l'Océan Atlantique. Ses grands yeux noisette scrutaient l'horizon lointain qui s'étalait à l'infini devant elle. Une mèche de ses cheveux châtain clair, blondie par le sel et le soleil, dansait devant ses lèvres, à la faveur d'une très légère brise qui soufflait doucement du nord au sud, comme souvent au début du mois de juillet.

Le ciel s'était paré du bleu foncé qui succède aux derniers instants de l'aube des jours d'été. Quelques fines bandes de nuages nacrés barraient cette immensité monochrome et permettaient de distinguer plus aisément la limite entre le ciel et l'océan.

Elle posa son regard plus près, sur les premières ondulations, à l'endroit où les vagues s'éveillent et prennent forme, avant de grossir, de s'approcher de la côte pour venir mourir sur le sable. Elle choisit une ondulation naissante et la fixa intensément de toute son attention. Elle la suivit jusqu'au bout, pendant plusieurs dizaines de secondes, vérifiant qu'elle déroulait bien comme d'habitude vers la droite, jusqu'à ce qu'elle finisse par se transformer en une vaguelette, puis en un petit bourrelet d'eau caressant le sable. La vague qu'elle avait suivie avait atteint les un mètre soixante, bien creuse et propice à se laisser enfermer à l'intérieur, dans le tube, pendant quelques secondes, avant d'en ressortir, heureuse.

La superbe plage centrale-nord de Lacanau-Océan était déserte. Ce matin était un bon matin pour aller surfer, un très bon matin. C'était une habitude bien ancrée chez elle. Venir regarder l'océan, et s'imprégner de l'atmosphère paisible des levers de soleil avant de retourner chez elle, pour se préparer. Elle parcourait généralement ces 800 mètres aller et 800 mètres retour, pieds nus, pour revenir boire un café serré et retourner ensuite vers la plage, avec son père, planches sous le bras pour aller affronter l'élément dans lequel elle évoluait depuis son enfance, l'Océan Atlantique.

De temps à autre aussi, il lui arrivait de passer chez son amie Margot pour voir si celle-ci pouvait trouver un moment pour l'accompagner à l'eau. Plusieurs fois par été, toutes deux s'offraient une session de surf entre copines canaulaises, souvent accompagnées de Carla, l'amie du Porge, sous la bienveillance, ou la surveillance, suivant l'état de l'océan, des petits frères Eliott et Tom. Elle repensa à ces moments magiques, le dernier datait déjà de l'année passée, et elle décida qu'il était grandement temps de programmer une sortie surf entre amies, peut-être pour le lendemain.

Elle se reconcentra sur l'Océan, sur ce paysage changeant, à couper le souffle, sur cet air pur et vivifiant, sur la tranquillité qui émanait de cette nature intacte.

Ce doux instant de communion avec les éléments fut troublé par la sonnerie du téléphone portable qu'elle avait glissé négligemment dans la poche arrière de son short en jean.

Aussitôt, ses yeux se plissèrent et sa main, avec une extrême rapidité, saisit le téléphone. La sonnerie qui avait retenti n'était pas celle des appels de famille ou d'amis. Elle décrocha sans prononcer autre chose que : « Agent Hily », d'une voix claire, sèche et professionnelle. La voix dans le combiné, froide, monocorde et dénuée de toute intonation sympathique, intima un ordre qu'on ne pouvait discuter : « Présence requise, briefing, COB, huit zéro zéro UTC ». La communication prit fin sur ces derniers mots.

Huit zéro zéro UTC, soit 8 h pile UTC (plus précis encore que GMT), en France, de mars à octobre, cela signifiait 10 h du matin. À la montre de l'Agent Hily, il était à peine 7h30. Elle avait largement le temps de rejoindre le COB, le Centre Opérationnel Bordeaux, le quartier général de l'antenne grand-ouest de la DGSIE, la Direction Générale de la Sécurité Intérieure et Extérieure, dont elle était l'un des agents les plus aguerris et des plus respectés.

Elle lança un dernier regard furtif vers l'océan puis remonta le vieil escalier planté dans le sable doré, pour arriver sur la promenade du front de mer, désert à cette heure-là. Elle ne traîna pas, elle se sentait légèrement nerveuse. Le COB ne l'aurait jamais dérangée si quelque chose de grave n'était pas en train de se passer.

Elle était rentrée seulement depuis cinq jours de la mission "Chamfort" qui l'avait entraînée dans la région de Malacca, au sud de Kuala Lumpur, en Malaisie. Elle avait dû y monter une opération d'exfiltration de l'ambassadeur de France en Malaisie, séquestré par des musulmans radicaux malais qui exigeaient une rançon astronomique. L'opération avait été difficile et délicate, principalement menée dans un village situé à 110 kilomètres à l'est de Malacca, en pleine jungle. Le camp avait été pris d'assaut par l'Agent Hily et quelques-uns de ses coéquipiers. L'otage avait été libéré sans trop d'effort, mais les derniers jours sur place avaient été particulièrement éprouvants. Ils avaient dû rallier à pied l'aéroport de Malacca, à plus de 100 kilomètres de là, en toute discrétion, pour éviter les représailles des partisans des preneurs d'otage, prêts à tout pour quelques poignées de ringgits, le dollar malaisien.

Ils avaient traversé cette forêt équatoriale vierge sous une chaleur humide et écrasante en 2 jours et 2 nuits seulement, mais ces moments leur avaient semblé interminables. Leur progression était lente et difficile et les conditions d'une extrême difficulté avec très peu de vivres et sans aucun matériel si ce n'était des fusils mitrailleurs et des cartouches. L'ambassadeur enchaînait les malaises et l'Agent Hily avait dû le traîner, plus que lui montrer le chemin.

Les brefs moments de repos avaient été dominés par l'angoisse et la peur de tomber à nouveau sur les ravisseurs, prêts à tout pour sauver leur honneur perdu et ne pas perdre la face, dans ces régions où cela revêt une importance primordiale. Le reste de l'équipe, stationné à l'aéroport, avait assuré leur approche ainsi que le décollage en hélicoptère vers Singapour avant le retour en France.

Ces quelques jours de repos bien mérités, chez elle, sur la côte océane française, loin de cet enfer, devaient l'aider à lui faire oublier ces moments pénibles. Elle pensait enfin pouvoir profiter du sentiment exquis du devoir accompli d'avoir sauvé une vie et de s'être mise au service de la France, elle se trompait.

Le regard de la jeune femme qui scrutait l'océan d'une manière attentive et émerveillée changeait. La surfeuse qui observait l'océan, pour déterminer le meilleur endroit où se mettre à l'eau, était redevenue l'Agent Hily.

Avant de se rendre au COB, l'Agent Hily devait se changer. Bien que son statut d'agent ne lui imposait pas un uniforme réglementaire, il aurait été déplacé de se rendre au briefing en tenue de plage. Elle accélérera le pas sur le boulevard de la plage en direction du nord, pour rejoindre la villa familiale à quelques centaines de mètres de là.

Elle avait l'habitude d'y passer quelques semaines durant la saison estivale, en compagnie de ses parents et grands-parents, comme toujours depuis sa plus tendre enfance. En arrivant, elle expliqua brièvement, à toute sa petite famille, qui déjeunait au bord de la piscine, qu'encore une fois, il y avait un besoin urgent de ses compétences au centre informatique gérant le cloud du Ministère des Finances. Elle raconta qu'il lui fallait aller régler des soucis de vulnérabilité de programmes d'Intelligence Artificielle et qu'elle ne pouvait se soustraire à ses obligations de consultante technique en sécurité informatique détachée auprès du ministère.

Son père leva les yeux au ciel. Lui qui attendait, comme chaque matin, son retour d'observation du littoral, avec impatience, pour ensuite aller partager avec elle un moment précieux de complicité au large. Cette habitude, d'aller d'abord s'imprégner de l'océan en l'observant avant de rentrer dans l'eau, il lui avait inculquée dès son plus jeune âge, lorsqu'elle avait pris ses premiers cours de surf. C'était il y avait plus de 25 ans et elle en avait à peine 31. Il la regarda dans les yeux. Il sentit qu'elle cachait quelque chose, mais il lui sourit, posa son ukulélé sur lequel il grattait quelques accords, et la prit dans ses bras. Il lui chuchota : « pas de souci p'tit cœur, prends bien soin de toi, nous nous rattraperons à ton retour ».

Cette obligation de couverture par rapport à ces activités professionnelles, qu'on lui imposait, même vis-à-vis de sa propre famille, lui pesait. Cependant, c'était le règlement de la DGSIE pour les agents de terrain qui participaient à des opérations délicates impactant la sécurité de l'état. La discrétion et le secret professionnel étaient quelques-uns des piliers de la réussite des actions de cette organisation semi-secrète et la garantie, ou presque, de pouvoir retrouver une vie normale une fois les missions achevées.

Elle enfila un jean, des baskets, coiffa ses cheveux en se faisant une queue de cheval, posa ses Ray-Ban Aviator aux montures argent sur son nez et fit un signe d'au revoir de la main.

L'Agent Hily était une très jolie jeune femme, de taille moyenne avec des cheveux mi-longs. Elle était plutôt mince avec un port de tête altier, sans doute grâce aux nombreuses années de danse classique qu'elle avait pratiquées dans sa jeunesse. Ses grands yeux et les traits fins de son visage ne laissaient pas deviner qu'elle était, en fait, un AS, un Agent Spécial, qualifiée et sur-entraînée. À la DGSIE de Bordeaux, on faisait plus court, on parlait simplement d'Agent, un Agent, quel que soit le sexe de la personne et on mettait une majuscule à Agent, c'était comme cela.

Elle s'installa à bord de son petit roadster Mazda, vert anglais, décapoté, et s'éclipsa. Tout l'équipement nécessaire à son métier d'Agent lui serait fourni au COB. Hors mission, inutile d'être en possession de quoi que ce soit qui aurait pu compromettre sa couverture d'informaticienne.

Durant les 60 minutes nécessaires pour rallier le centre de Bordeaux depuis la côte, roulant vers l'est, elle profita du soleil qui montait dans le ciel et chauffait son visage. Le paysage aurait pu paraître monotone pour beaucoup, de grandes lignes droites bordées de pins maritimes qui constituaient la forêt des Landes de Gascogne. Elle y voyait plutôt l'immense poumon végétal que cette forêt représentait, sans oublier son rôle d'assainissement de la lande autrefois marécageuse. Elle emplissait ses poumons de l'odeur délicate et subtile qui s'en dégageait. Cet agréable parfum qui embaumait l'air de manière délicieuse lui avait imprimé dans l'inconscient des images de grands espaces, des souvenirs de promenades en forêt, au pied des dunes de sable, des instants de liberté. Elle souriait toute seule.

Elle arriva sur Bordeaux en longeant un des plus célèbres parcs de la ville, le Parc Bordelais. Plus jeune, elle avait l'habitude d'aller s'y balader. Ce parc datait de 1888 et comptait plus d'un millier d'arbres centenaires. Elle y avait gravé son prénom sur certains, ceux qui avaient été les témoins de ses premiers émois sentimentaux, elle en gardait d'excellents souvenirs.

Elle passa derrière le très renommé ensemble scolaire Saint-Joseph de Tivoli où elle avait passé quelques-unes des meilleures années de sa vie d'adolescente. C'était dans ce lycée qu'elle s'était illustrée scolairement et sportivement, en remportant certains concours et prix, entre élèves, qui alliaient réflexion, logique, entraide, sport et détermination. C'était pendant ces années-là, qu'elle avait attiré l'attention de l'organisation pour laquelle elle travaillait maintenant depuis plusieurs années déjà. Elle avait été approchée par un membre recruteur de la DGSIE, quelques semaines avant d'avoir son baccalauréat.

Il lui avait alors expliqué simplement qu'au regard de ce qu'elle avait montré comme aptitudes intellectuelles, physiques et psychologiques dans ces divers concours, il voyait en elle un potentiel certain pour intégrer, à la fin de ses études, un service de l'État qui œuvrait pour la sécurité du territoire et de ses habitants. Il ne s'était pas plus étendu mais lui avait indiqué qu'il suivrait, très discrètement mais attentivement, son évolution.

Il lui avait précisé que le moment venu, si les espoirs mis en elle se confirmaient, il lui proposerait un emploi atypique qui nécessitait abnégation, dévouement, détermination, parfois sacrifice, mais qui pourrait lui procurer satisfaction et reconnaissance de son pays.

Cette part de mystère avait éveillé, chez la jeune Hily, curiosité et motivation pour donner le meilleur d'elle-même durant toutes ses années d'études, et cela avait fonctionné. Le futur Agent Hily avait compris très tôt tout l'enjeu qu'il y avait à se dépasser dans tous les domaines, à toujours essayer d'être la meilleure et à tout mettre en œuvre pour aider qui en avait besoin. Elle était vite devenue vive d'esprit, réfléchie, responsable et solidaire dans l'effort avec ses camarades. Elle aidait les autres dans les épreuves et faisait toujours en sorte que l'on puisse compter sur elle. Elle avait l'esprit d'équipe, l'esprit de corps, ce qui ne pouvait que plaire à son futur employeur.

Après ses cinq années d'études post-bac, elle fut invitée à se présenter aux tests physiques, psychologiques et psychotechniques organisés par la DGSIE afin de recruter ses futurs Agents et elle s'était montrée très douée. Elle avait donc été recrutée à 23 ans puis avait suivi un rude entraînement militaire commando d'une année entière et avait été formée pendant une année supplémentaire à la géopolitique, à l'art du renseignement mais aussi et surtout aux techniques d'enquêtes les plus pointues. À 25 ans, elle était devenue un des plus grands espoirs de la DGSIE, et six années plus tard, elle était devenue un pilier du service.

Perdue dans ses pensées, elle conduisait de façon automatique et s'étonna de se retrouver si rapidement au cœur du triangle d'or, le quartier le plus luxueux de Bordeaux, triangle parfait, avec à ses sommets, la place Gambetta, la place Tourny et la place de la Comédie qui abritait le Grand Théâtre. Quelques secondes plus tard, elle arriva à destination, place des Grands Hommes. Cette place, à la convergence des rues portant le nom des Grands Hommes, tels Montaigne, Montesquieu ou encore Voltaire, n'était pas seulement qu'un vieux marché du début du XIXe siècle transformé en halle commerciale moderne.

Elle engagea son roadster dans le parking souterrain, pris un ticket et franchit la barrière d'entrée comme tout usager lambda. Elle descendit à vive allure la rampe d'accès qui tournait sur elle-même telle un immense ressort pour épouser la forme cylindrique du lieu.

Seulement, arrivée au niveau le plus bas, quand les véhicules stationnés se font plus rares et qu'il n'y a pas d'autres choix que de prendre la rampe en sens inverse pour remonter, elle engagea le roadster dans un renfoncement obscur interdit au stationnement et à l'abri de tout regard. Elle sortit son téléphone et composa son code d'accès COB, le 1421.

Une point lumineux rouge apparut au milieu du mur auquel elle faisait face. La lumière s'amplifia et se transforma en un large faisceau lumineux horizontal qui scanna le lieu, du sol au plafond, identifiant le véhicule et son occupante, puis s'éteignit. La paroi sur laquelle était intégré le système de reconnaissance coulissa et laissa la voie libre à l'Agent

Hily qui redémarra et pénétra à l'intérieur. La paroi se referma automatiquement. Le lieu dans lequel elle venait de rentrer ressemblait plus à l'antre d'un collectionneur qu'à un garage. On pouvait y compter une trentaine de véhicules, de toutes marques, tous à caractère haut de gamme et sportif, de l'Aston Martin au Hummer, de la Lamborghini à la Bentley, un vrai musée, ou plutôt une réserve pour parer à n'importe quelle opération.

Au fond de ce spectaculaire garage, une sorte de grand monte-charge, muni de 8 sièges, attendait. L'Agent Hily gara son roadster et entra à l'intérieur, s'assit et fixa des yeux la caméra accrochée en hauteur dans l'un des angles. La paroi se ferma automatiquement et le monte-charge s'ébranla.

Cependant, il ne monta pas ni ne descendit, il fila rapidement à l'horizontale, dans une vive accélération, sur des rails. Quelques secondes plus tard, il s'immobilisa dans le noir complet. Une des parois latérale s'ouvrit et un gigantesque hall apparu, de la taille d'un demi terrain de football. Il était baigné de lumière blanche artificielle qui imitait à la perfection la lumière du jour.

Elle sortit du monte-charge, enfin, de ce qui s'apparentait plutôt à une navette et entra dans le hall. Personne ne prêta attention à elle, des dizaines de personnes allaient et venaient, se croisaient, certaines pressées, d'autres discutant tranquillement, avec des documents sous les bras ou poussant des chariots de courrier, en pleine communication téléphonique ou lisant des notes sur des panneaux d'affichage, une vraie fourmilière. Tout autour de cet immense espace, on pouvait voir des dizaines d'open-spaces vitrés.

Certains abritaient des bureaux conventionnels et des salles de réunions avec d'immenses écrans accrochés aux murs. D'autres paraissaient être des laboratoires de chimie où des personnes s'agitaient en blouse blanche ou bien des ateliers de bricolage avec divers outils et machines. On trouvait aussi des espaces qui auraient pu faire penser à des centres de contrôle de la circulation aérienne ou des intérieurs de sous-marins, avec des écrans du sol au plafond, des affichages radars et des oscilloscopes géants.

En réalité, on se trouvait dans la grande station de métro Gambetta, à plus de 25 mètres sous la place du même nom. Première et seule station de métro de Bordeaux, station test construite dans les années 1990 mais désaffectée depuis lors et oubliée suite à l'abandon du projet de métro Bordelais.

C'était tout naturellement que la DGSIE avait investi le lieu et y avait installé le Centre Opérationnel Bordeaux. Le COB utilisait le seul bout de ligne expérimentale du début de projet, qui conduisait jusqu'au parking de la place des Grands Hommes. Cela permettait d'avoir une entrée-sortie discrète vers l'extérieur.

Ici, les activités pouvaient rester secrètes et protégées, car officiellement, tout ce qui avait été creusé avait été remblayé et il n'existait plus aucune trace de ce projet de métro, surtout depuis que le projet de tramway s'était concrétisé, en 2003.

Un grand comptoir jouxtait ce qu'on pouvait qualifier de terminus du monte-charge-métro. La femme assise derrière, les yeux rivés sur un des deux écrans incurvés, pianotait sur son clavier à une vitesse phénoménale. Une très jolie femme, d'une trentaine d'années, en tailleur strict, gris clair, et au chignon impeccable, leva la tête et récita d'une voix monocorde : « Bonjour Agent Hily, vous êtes en avance, patientez un moment, la Capitaine Violette va vous recevoir ». C'était la même voix, facilement identifiable et reconnaissable entre toutes. Celle qui lui avait intimé l'ordre de rejoindre le COB quelques instants auparavant, celle de l'Agent Louna.

À la DGSIE, lorsqu'on était Agent, on ne s'appelait que par nom de code et si c'était possible, le nom de code était souvent le véritable prénom, par simplicité. Jamais de nom de famille, ceci par mesure de sécurité, afin que les malfrats, criminels, terroristes ou agents d'autres services de renseignements étrangers ne puissent pas facilement les identifier et s'en prendre à leurs familles.

L'Agent Louna se concentra de nouveau sur ses écrans pendant que l'Agent Hily se demandait ce que sa supérieure, la Capitaine Violette, pouvait bien lui vouloir durant ses jours de repos.

La Capitaine Violette et l'Agent Hily se connaissaient depuis toujours et s'appréciaient. Elles avaient grandi dans le même quartier et avaient fréquenté la même maternelle puis école primaire. Elles entretenaient depuis lors une très forte relation d'amitié. Durant l'adolescence, bien qu'étudiant dans des collèges et lycées différents, elles avaient continué à être les meilleures amies du monde et à partager d'innombrables moments ensemble. Une forte complicité les unissait et elles n'avaient jamais eu de secret l'une pour l'autre.

À 18 ans, ce fut sur la splendide île espagnole d'Ibiza, où les étudiantes Hily et Violette passaient régulièrement leurs vacances ensemble, qu'Hily lui parla. En sortant tôt le matin d'une célèbre discothèque, après une soirée mémorable pour fêter leur mention "très bien" au Baccalauréat, la future Agent Hily avait confié à Violette qu'elle avait été approchée par ce qui semblait être le FBI français ou quelque chose de la sorte. Son amie Violette avait tout de suite montré un intérêt certain dans cette révélation et se voyait aussi travailler dans ce genre d'organisation.

Violette, ensuite, durant sa première année d'université, avait mis tous les atouts de son côté en se préparant physiquement et mentalement pour réussir le concours d'entrée à Polytechnique. Elle avait réussi à y entrer et en était sortie, à 23 ans, major de sa promotion. Elle avait alors intégré l'Armée de l'Air et elle avait pu choisir la spécialité du renseignement. Après une année de formation où elle avait appris, non seulement l'art de la stratégie militaire mais aussi celui du commandement, elle avait opté pour un détachement à la DGSIE avec comme double avantage de rester sur Bordeaux et de pouvoir travailler avec son amie.

La Capitaine Violette était maintenant une jeune femme très sûre d'elle avec un caractère bien trempé. Brune, les cheveux longs et ondulés, de grands yeux et une silhouette élancée, elle portait très bien l'uniforme bleu marine de l'armée de l'air mais le troquait souvent contre un tailleur pantalon noir des plus classiques. Elle avait maintes fois fait preuve d'ingéniosité dans l'exercice de ses missions et ses compétences étaient toujours des plus appréciées. De plus, son mètre quatre-vingt-cinq lui conférait une autorité naturelle.

La porte sur laquelle était inscrit "Salle de Briefing 1", à quelques mètres du grand comptoir d'accueil, s'ouvrit. La Capitaine Violette, le visage fermé, apparut dans l'embrasure et fit signe à l'Agent Hily de s'approcher et d'entrer. À l'intérieur se trouvait déjà un Général de l'armée de l'air, reconnaissable aux 4 étoiles sur ses épaulettes.

La Capitaine Violette invita son amie à s'asseoir dans un fauteuil autour de la grande table ovale, face à l'immense écran qui occupait tout un mur.

« Agent Hily, si nous vous avons fait venir, c'est que nous sommes confrontés à un problème », dit-elle.

Bien que la Capitaine Violette et l'Agent Hily soient des amies dans l'intimité, quand la situation était grave, le ton n'était pas à décontraction.

« Je vous présente le Général Caumartin, commandant l'État-Major de la région Atlantique Ouest, l'État-Major jouxte la base aérienne 106 de Bordeaux Mérignac », continua-t-elle.

L'homme, de taille moyenne, légèrement bedonnant, arborait plusieurs médailles sur le côté gauche de sa veste d'uniforme.

« Mon général, voici l'Agent Hily, un de nos meilleurs éléments », confia-t-elle.

« Bien, je suis venu avertir vos services de la disparition d'une grosse quantité de C-45010A au sein de la BA 106 », exposa le Général.

La Capitaine violette appuya sur son clavier et l'immense écran s'alluma. Une photo d'un pavé rectangulaire de douze centimètres de côté sur cinq et d'une épaisseur de trois centimètres apparut, de couleur jaune tirant sur le marron. Ses contours n'étaient pas nets, on aurait dit de la pâte à modeler.

« Du C-45010A, vous voulez parler de l'explosif que l'on utilise fréquemment dans l'armée et que l'on appelle plus communément du C-4 j'imagine ? Quelle quantité ? », questionna l'Agent Hily.

Durant sa formation, l'Agent Hily avait étudié toutes les sortes d'explosifs et tous les styles de détonateurs. Le Général baissa les yeux et répondit à voix basse : « Environ 100 kilos. »

« 100 kilos ? Quoi ? Mais on pourrait faire sauter un quartier tout entier avec ça ! » s'emporta l'Agent Hily.

« Comment cela s'est-il passé ? J'imagine qu'on ne laisse pas une telle quantité d'explosifs sans surveillance ! », interrogea la Capitaine.

« Toutes les bases aériennes opérationnelles possèdent un stock d'armement et d'explosifs, c'est une chose normale », expliqua le Général.

« Tout est stocké dans l'armurerie et personne n'entre et ne sort de la base sans autorisation expresse et nous n'avons détecté aucune intrusion. L'alerte a été donnée lors de l'inventaire mensuel qui a révélé l'absence de ce stock. Le Commandant de la base, le Colonel De La Froisse, a diligenté une enquête visant à interroger tous les militaires ayant accès à l'armurerie mais pour l'instant, nous n'avons aucun suspect. Nous avons étudié les images de la vidéo surveillance mais cela n'a rien donné. Le système ne garde que les 15 derniers jours. Le vol a dû avoir lieu après le dernier inventaire mensuel et avant ces derniers 15 jours. Nous imaginons donc qu'il s'agit d'un vol commis par un des nôtres qui connaît bien les caractéristiques du système. Le Colonel De La Froisse m'a assuré poursuivre ses investigations jusqu'à ce que toute la lumière soit faite sur cette affaire », assura le Général.

La Capitaine Violette remercia le Général pour ces informations qui pouvaient menacer l'ordre public. Elle l'assura que la DGSIE serait attentive à tout bruit concernant la réapparition de ces explosifs dans les milieux du grand banditisme ou du terrorisme. Elle le raccompagna à la porte et le confia à l'Agent Louna.

Une fois seules, la Capitaine Violette regarda l'Agent Hily dans les yeux : « Hily, je sens que nous avons un sérieux souci. »

En effet, bien qu'un vol de cette ampleur ne soit jamais de bon présage, plusieurs éléments faisaient craindre le pire à la Capitaine Violette. Elle servit deux grandes tasses de café et exposa la situation à son amie.

En premier lieu, Bordeaux, depuis plusieurs semaines déjà, était le théâtre de manifestations de plus en plus nombreuses et rassemblant de plus en plus de monde. Un collectif baptisé "Anti-Unesco" appelait régulièrement les Bordelais à descendre dans la rue. Ils criaient leur mécontentement face à l'inscription de Bordeaux et de son Port de la Lune sur la Liste du Patrimoine Mondial par l'Unesco. Cette distinction invitait la ville à porter une attention particulière à la préservation de l'unité architecturale, limitant ainsi tout projet immobilier dans ces zones, qui pourrait dénaturer l'ensemble.

Les leaders du mouvement rendaient cette distinction responsable des refus de la Mairie à autoriser des nouveaux projets qui auraient créé plus de logements intra-muros. En effet, la ville et le département privilégiaient surtout les projets extra-muros, plus loin dans la banlieue de Bordeaux, pour désengorger le centre et le rendre le plus piéton possible.

Ils y voyaient donc la cause d'un accroissement sans précédent de la population dans les banlieues bordelaises où naissaient de nombreux projets immobiliers. Ils affirmaient que cela était fait de manière totalement incontrôlée et que la Gironde serait bientôt envahie par trop de monde, à cause de l'intérêt grandissant que la région procurait par sa douceur de vivre.

Pour eux, cela engendrait insécurité, augmentation du trafic routier et pollution, bien que parallèlement, l'infrastructure de transports en commun non polluants était en plein essor.

La solution, selon eux, était la désinscription immédiate de Bordeaux de la Liste du Patrimoine Mondial par l'Unesco, afin de se libérer des contraintes imposées par ce statut. Ils voulaient que

Bordeaux puisse s'accroître en logements et en population de l'intérieur plutôt que de l'extérieur. Ils souhaitaient que la banlieue arrête de s'étendre. Ils le faisaient savoir haut et fort et les cortèges étaient impressionnants. On voyait que beaucoup de moyens étaient mis, des livrets détaillés en guise de tracts, des camions équipés de haut parleur, des stands de ravitaillement, une fanfare professionnelle en début et en fin de défilé, quelques personnalités, bref, tout pour donner envie de rejoindre le mouvement. Les manifestations prenaient de plus en plus d'ampleur et rassemblaient de plus en plus d'habitants qui se ralliaient à cette cause.

Le ton des manifestations étaient plutôt bon-enfant. Il n'y avait pas eu d'affrontements avec les forces de l'ordre et de dégradations. On ne sentait pas de tension particulière cependant les mouvements grossissaient à chaque nouveau rassemblement et des messages fleurissaient sur les réseaux sociaux. Un message en particulier avait attiré l'attention de la Capitaine : "Écoutez, entendez, sinon ça va péter". Ça ne signifiait pas forcément qu'il y aurait de la violence et des explosions, mais dans ce contexte de disparition d'explosifs, un service de renseignements écoute tout et ne néglige rien.

La Capitaine Violette fit défiler sur le grand écran quelques photos prises lors de manifestations précédentes. On y distinguait, dans la foule, des hommes et des femmes qui semblaient se promener tranquillement, personne ne dissimulait son visage derrière des foulards ou des cagoules, ce qui aurait intéressé les services de renseignements. Il fallait tout de même être attentif aux dérives, un des rôles de la DGSIE.

En second lieu, les élections municipales de Bordeaux se rapprochaient à grand pas, il restait à peine un mois avant le premier tour du scrutin. L'équipe municipale, qui avait gagné les élections six ans auparavant, était en perte de vitesse.

Issue du même mouvement politique que la majorité présidentielle, "Tous Ensemble", prônant l'écologie et le bien-vivre pour tous, la Mairie actuelle avait dû faire face, durant les deux dernières années, à de nombreuses critiques.

L'équipe actuelle avait pourtant réussi à mettre en place plusieurs mesures phares de son programme. La limitation drastique de la circulation automobile dans la ville pour limiter la pollution, au moins le temps que toutes les voitures passent à l'électrique ou à un autre système encore moins polluant. Ils avaient aussi réussi à obliger les propriétaires à louer leurs logements vacants pour endiguer la crise du logement et l'augmentation démesurée du prix des loyers.

Cela satisfaisait la majeure partie de la classe moyenne et modeste de la population ou celle qui avait un peu de conscience écologique, mais ce n'était pas du goût des plus riches Bordelais qui en faisaient les frais, ceux qui avaient de gros patrimoines immobiliers, ceux qui ne prenaient jamais les transports en commun, ceux qui étaient peu soucieux du respect de l'environnement.

Un nouveau groupe politique était né, regroupant bon nombre de grosses fortunes de Bordeaux, les grandes familles, les industriels et les grands commerçants.

Ce groupe, baptisé un peu orgueilleusement "les Nouveaux Bordelais" montait dans les sondages de manière exponentielle depuis une année. Ces membres n'étaient pas avares en réceptions grandioses, en promesses de complaisance, en distribution d'avantages ou de cadeaux, en échange de faveurs contre des intentions de vote, toujours à la limite de la légalité. Ils étaient en train d'acheter l'élection.

Ils proposaient, dans leur programme, de répondre positivement à la désinscription de Bordeaux de la liste du patrimoine mondial de l'Unesco, en se targuant de comprendre les Bordelais, en montrant qu'ils pouvaient certainement en devenir les porte-paroles, et certainement aussi pour avoir plus de chances de remporter l'élection.

Sur le grand écran, on pouvait voir l'équipe de campagne des Nouveaux Bordelais et cela ressemblait plus à une réunion du Rotary Club qu'à une équipe de colleurs d'affiches. Ils commençaient à être donnés favoris pour l'élection approchante, au grand dam du Maire actuel, Clément Arthur.

Un second mandat pour l'équipe en place paraissait de plus en plus improbable. C'est pourquoi le Maire actuel n'avait rien trouvé de mieux à faire que de demander à la Présidente de la République, Laura Lucie, au nom du parti "Tous Ensemble", de venir visiter la ville et soutenir, en personne, sa campagne électorale.

La Présidente arrivait dans quatre jours et devait visiter les principaux monuments de la ville. Cela faisait donc beaucoup pour la Capitaine Violette : une Présidente de la République, une élection municipale qui pourrait faire basculer la Mairie, des manifestations qui devenaient géantes, et 100 kilos de C-4, tout cela dans la même ville, au même moment, c'était un peu trop. C'est pourquoi elle avait besoin de l'Agent Hily. Elle, son meilleur Agent. Elle, qui connaissait Bordeaux comme sa poche.

« J'ai besoin que tu infiltres la prochaine manifestation, celle de demain. Il faut évaluer le danger qu'ils représentent, savoir s'ils ont un lien avec le vol de C-4 que nous devons impérativement retrouver et s'ils projettent une action contre la Présidente de la République. L'Agent Taïssia va nous rejoindre pour te remettre ton équipement. Baptisons cette opération, l'opération "Chocolatines", puisque les pains de C-4 ont la taille et la couleur de celles-ci et que nous sommes à Bordeaux. Bonne chance Hily ».

L'Agent Hily la remercia pour sa confiance et la rassura, elle ferait tout son possible pour mener à bien la mission. Avec la pointe d'humour qui la caractérisait quelquefois, elle s'engagea à rapporter toutes les Chocolatines à la boulangerie avant que le boulanger ne fasse un flan.

Elles échangèrent une accolade amicale puis la Capitaine Violette appuya sur une des touches du clavier situé devant elle. L'employée du comptoir de l'accueil du COB, avec son chignon impeccable, apparut sur le grand écran : « Agent Louna, Faites entrer l'Agent Taïssia »

L'Agent Louna fit un petit signe de la tête et l'image disparut. Quelques secondes plus tard, l'Agent Taïssia entra dans la salle de briefing avec un petit chariot à roulettes sur lequel se trouvaient plusieurs mallettes.

L'Agent Taïssia, plus connue au COB sous le nom d'Agent Tata, était la scientifique, ingénieur et bidouilleuse du COB. Elle était grande, blonde, très jolie mais surtout très douée et terriblement passionnée par tout ce qui touchait à l'électronique, à la robotique et aux nanotechnologies. Sortie dans les premières de sa promotion à l'Institut Supérieur de l'aéronautique et de l'Espace à Toulouse, elle avait été contactée par la DGSIE qui pouvait lui offrir tous les outils et moyens technologiquement nécessaires pour assouvir sa passion d'invention ou de développement au service de son pays, même si elle était née en Angleterre, berceau de Shakespeare et des Beatles.

« Bonjour Agent Hily, voici quelques petites choses qui pourraient t'être utiles. Alors, tout d'abord, voici ton arme, je t'en ai trouvé une couleur acier, ça fait un peu plus fille que celles de couleur noire », dit l'Agent Taïssia en ricanant.

Elle lui tendit le pistolet qui équipait généralement les agents du COB, un 9 mm Glock-17 semi-automatique de 5e génération, robuste, fiable, léger et ergonomique, destiné à être utilisé en cas d'action rapide.

« Pour la manif, voici un Byphone 22 », indiqua l'Agent Taïssia en lui présentant un smartphone de toute dernière génération.

« Un Iphone 22 ?, cool ! Je vais être en avance sur tout le monde ! », s'exclama l'Agent Hily, trop contente.

« Non, ça ressemble vraiment au prochain Iphone qui va sortir dans quelques mois, l'Iphone 22, mais là, c'est un Byphone 22. Bien qu'il soit doté des fonctions standard d'un smartphone, il a quelques fonctions en plus. Son flash. Il agit comme un sérum de vérité lorsqu'on le dirige dans les yeux de la personne qu'on souhaite interroger. On bypasse sa volonté de ne pas dire la vérité. C'est donc un Byphone » dit l'Agent Taïssia avec une pointe de malice dans les yeux.

« Par contre, attention, pas plus d'une minute, sinon ça pourrait provoquer des lésions irréversibles au niveau du cerveau de la personne que tu interroges » ajouta-t-elle.

« Tu as aussi droit à cette magnifique casquette bleu marine au logo des Yankees de New York. Elle est équipée de 2 micro-caméras, de la taille d'une épingle, sur chaque côté, pour pouvoir retranscrire la 3D. Le son est lui aussi retransmis. Ainsi, nous pourrons voir ce que tu vois, avec le même détail, comme si nous étions à tes côtés mais bien plus discrètement »

« Cool, ça me rappellera la casquette qu'a ramenée mon père lors de son escapade New-Yorkaise avec son ami Fabrice. Tu n'aurais pas aussi, par hasard, les M&M's au beurre de cacahuètes qu'on ne trouve que là-bas ? » plaisanta l'Agent Hily.

« J'ai aussi fabriqué ce petit appareil à partir d'un mélange des technologies radar, laser et lidar associé à un spectromètre de masse calibré pour le cyclotriméthlènetrinitramine », expliqua l'Agent Taïssia.

La Capitaine Violette et l'Agent Hily restèrent dubitatives.

« Bon, OK, C'est un appareil qui permet de détecter la molécule qui constitue 91 % du C-4, même à travers des murs, C'est plus clair comme ça ? »

« Oui, oui, bien sûr, on avait bien compris » répondirent-elles ensemble .

« Et j'ai réussi à réparer le drone high-tech que j'avais fabriqué et que tu m'as ramené plein de sable et d'eau salée. Je ne suis pas sûre que ce soit pendant l'opération "Romance" à La Clusaz, pour neutraliser l'apparatchik mafieux russe Bouharchev, avec l'Agent Hana-Rose, qu'il ait subi ces dommages. J'opterais plutôt pour une utilisation non conventionnelle du drone pendant tes vacances au Cap Ferret pour aller filmer la dune du Pyla », ronchonna l'Agent Taïssia.

L'Agent Hily esquissa un sourire : « Je ne vois pas du tout ce que tu veux dire, mais sache que cette dune est digne d'intérêt. C'est la plus haute d'Europe avec ses 102 mètres, elle a à peu près 200 ans, et oui, je l'ai montée et descendue avec l'Agent Hana-Rose, mais sans drone ».

L'Agent Taïssia leva les yeux au ciel et secoua la tête en soupirant.

« Bon, peu importe. Le truc, c'est que je vais monter le détecteur de C-4 sur le drone et il pourra ainsi survoler les bâtiments pour localiser le C-4. À cause du poids du détecteur et des batteries additionnelles, le drone ne pourra pas voler à plus de 30 mètres de haut mais ça suffit pour passer au-dessus de tous les bâtiments que la Présidente doit visiter, à part peut-être la Cité du Vin, mais tu te débrouilleras. Par contre, j'apprécierais qu'il revienne en un seul morceau. Tu pourras le piloter avec le Byphone 22. Il sera prêt demain. », termina l'Agent Taïssia.

« Est-ce que je peux prendre l'Aston Martin pour cette mission ? », demanda l'Agent Hily.

« Pour aller à une manifestation ? C'est peut-être un peu trop voyant ! Et puis, tu restes sur Bordeaux alors garde ta voiture perso, rentre chez toi te reposer, demain, tu as manif », abrégea la Capitaine Violette.

Boudeuse, l'Agent Hily salua ses collègues, sortit de la salle de briefing et reprit le monte-charge horizontal dans l'autre sens pour rejoindre le parking. Elle démarra son petit Roadster et roula vers la sortie.

Elle rejoignit son appartement, au 91 de la rue Paulin, toujours dans le centre de Bordeaux. Une adresse quelque peu confidentielle. À cette adresse, on pouvait surtout trouver la compagnie "Eau de Bordeaux Métropole". L'Agent Hily y occupait discrètement le premier et dernier étage, propriété de la DGSIE. Ce lieu l'avait toujours fasciné, et pour cause, sous ce bâtiment se trouvait le réservoir souterrain Paulin de 6 500 m² datant de Louis Napoléon Bonaparte, en 1857. C'était l'un des réservoirs les plus importants de l'agglomération Bordelaise, qui permettait à un tiers des Bordelais de disposer d'eau potable 24 h/24, alimenté par les eaux des sources du Thil, grâce à un aqueduc souterrain, celui du Taillan, de 12 kilomètres de long. L'Agent Hily habitait au-dessus de 13 000 mètres cubes d'eau, réservoir qui pouvait se vider et se remplir plus de trois fois par jour. Cela la rendait rêveuse.

Elle avait quitté Lacanau-Océan à 8h30, avait été briefée de 10 h à 12 h. Il était maintenant 12h30 et son réfrigérateur était vide. Elle commen-çait à avoir faim.

Elle ressortit de chez elle, à pied, et passa de-vant le Marché de Lerme, l'ancien marché couvert datant de 1866 et désormais nouveau lieu d'expres-sion artistique dédié à la culture dans lequel elle avait déjà vu des pièces de théâtre.

Elle se dirigea vers les ruines du Palais Gal-lien. Son food-truck préféré était toujours là, de cou-leur rouge, arborant fièrement son enseigne ''Chez les Pépettes''. La restauratrice était depuis bien long-temps son amie, Paloma. Elles avaient partagé les mêmes bancs de la crèche du Petit Prince à Bruges, à côté de Bordeaux.

L'Agent Hily déjeunait souvent au camion de son amie et l'avait même aidée quelquefois à cui-siner et à servir lors d'événements privés où le food-truck était l'attraction principale, tout comme les me-nus gourmands souvent bio et quelquefois aux sa-veurs exotiques.

Son food-truck avait été le premier à rece-voir une étoile de la part du guide Michelin. Elle y cuisinait les délicieuses recettes de sa maman.

L'Agent Hily mangea son délicieux hamburger accompagné de ses frites maison en contemplant comme toujours les vestiges de cet amphithéâtre antique construit au début du IIe siècle, à l'époque gallo-romaine où Bordeaux s'appelait Burdigala.

Après l'épisode malaisien de libération d'otages, ça faisait du bien de retrouver les habitudes banales de la vie normale et de pouvoir enfin tranquillement discuter de la pluie et du beau temps avec son amie Paloma qu'elle n'avait pas vue depuis quelques semaines, mais elle n'oubliait pas qu'elle était de nouveau en mission.

Enfin une opération qui se déroulait sur Bordeaux, chez elle. C'était plutôt rare. Bordeaux était une ville plutôt tranquille et bien souvent, le théâtre des opérations se déroulait à l'étranger, dans des pays en conflit, ou, au mieux, à Paris ou Marseille, mais très rarement à Bordeaux.

Cependant, l'opération "Chocolatines" s'annonçait énigmatique et déconcertante, il faudrait vraiment s'y plonger dedans dès le lendemain.

À la fin du service du food-truck, quand les clients se firent de plus en plus rare, elle resta papoter avec son amie. Assises autour d'une des tables en plastique rose normalement réservées à ceux qui souhaitaient manger sur place, elles s'étaient installées face au soleil pour profiter de la douceur de ses rayons. Elles passèrent deux bonnes heures à discuter ensemble, à s'informer des derniers potins, à se rappeler le bon vieux temps du début de leurs vies d'adultes, quand l'insouciance était une des seules choses qui les guidait, en plus de ce que leurs parents essayaient tant bien que mal de leur inculquer.

Vers 16 h, elle décida tout de même de rentrer chez elle, en déambulant tranquillement sur le trottoir. Elle croisa un couple de personnes âgées, sur un banc public, donnant à manger à quelques pigeons gris et blanc. C'était totalement interdit par le règlement sanitaire départemental, car ils étaient source de nuisances, de dégradations et vecteurs de maladies, mais bon, c'était quand même plus joli une ville avec des pigeons, plus vivant, plus bucolique.

Elle passa le reste de la journée sur son ordinateur. Elle voulait s'informer sur cette inscription de Bordeaux sur la liste du patrimoine mondial de l'Unesco. Elle trouva quelques informations intéressantes : "Le 28 juin 2007, à Christchurch en Nouvelle-Zélande, l'Organisation des Nations Unies pour l'Éducation, la Science et la Culture (Unesco) avait inscrit Bordeaux, Port de la Lune, sur la liste du patrimoine mondial au titre de son ensemble urbain exceptionnel".

La distinction de ce vaste périmètre de 1810 hectares était une première. La Commission du patrimoine mondial de l'Unesco n'avait encore jamais honoré un ensemble urbain de cette ampleur. C'était la reconnaissance de la valeur et de l'unité patrimoniale du "Port de la Lune". Bordeaux était exemplaire par l'unité de son expression urbanistique et architecturale, architecture classique et néoclassique, qui n'avait connu pratiquement aucune rupture stylistique pendant plus de deux siècles.

Bordeaux était le premier ensemble urbain, sur un périmètre aussi vaste et complexe, distingué par la commission du patrimoine mondial de l'Unesco. Être inscrit au patrimoine mondial de l'Unesco impliquait que Bordeaux devrait répondre aux exigences de l'Unesco en termes de préservation et de transmission aux générations futures de toutes les composantes de l'identité Bordelaise : un patrimoine architectural et urbain exceptionnel.

Le périmètre inscrit au patrimoine mondial, entre Garonne et boulevards comprenait le Port de la Lune et s'étendait, du nord au sud le long du fleuve, du quai de Bacalan à celui de Paludate, incluant les bassins à flot et le Pont de Pierre. Il englobait la quasi-totalité de Bordeaux à l'intérieur des boulevards, à l'exception du quartier situé au-delà de la gare Saint-Jean, entre les voies ferrées et le boulevard Jean-Jacques Bosc.

Elle passa ensuite en revue les monuments importants de Bordeaux, les immeubles remarquables, les rues et places dignes d'un intérêt architectural et il y en avait un nombre totalement hallucinant. Elle finit par s'endormir dans son canapé, son ordinateur portable sur les genoux, avec des images, plein la tête, du Bordeaux qu'elle connaissait si bien.

J - 3

Le lendemain matin, vers 6h30, elle se réveilla en sursaut, manquant de faire tomber son ordinateur qu'elle rattrapa juste à temps. Elle s'étonna de se trouver là, dans son canapé mais se rappela assez vite la soirée de la veille et ses recherches.

Sa nuit avait été quelque peu agitée. Lors de ses phases de sommeil paradoxal, son cerveau l'avait conduite dans les méandres des rues de Bordeaux où l'insolite côtoyait le magnifique.

Dans ses rêves, elle avait été une enfant escaladant le jardin vertical contemporain de 100 mètres de long du Square Vinet, tout proche de la place Camille Julian.

Puis elle s'était métamorphosée en un majestueux papillon voletant autour de la flèche de la Basilique Saint-Michel, ce clocher, haut de 114 mètres.

Elle avait ensuite gravi, une à une, sous la forme d'un félin, les 231 marches de la tour Pey Berland, le clocher de la cathédrale Saint-André.

Ces deux clochers, de style gothique flamboyant avaient un point en commun. Ils étaient séparés de leur église. Non pas pour une question d'esthétique de l'époque ou de mode du XVe siècle, pas plus que l'idée d'avoir voulu en faire des ouvrages singuliers mais simplement parce que la présence de sols marécageux instables dans le sous-sol Bordelais auraient pu provoquer l'effondrement des clochers fortement soumis aux vibrations des énormes cloches et donc menacer les structures des bâtiments des églises.

Elle avait fait bien d'autres étranges rêves, mais ils commençaient tous à disparaître de sa mémoire, au fur et à mesure qu'elle prenait pied dans la réalité du matin, s'extirpant petit à petit du sommeil en s'étirant et en baillant.

Comme à son habitude, issue de sa plus tendre enfance, elle se pressa un jus d'orange, se pela un kiwi, sortit un yaourt fait maison de son frigo et se découpa un large morceau de cake aux pépites de chocolat, lui aussi fait maison. Le gâteau était un peu sec, car il datait de plusieurs jours. Elle l'avait fait cuire en rentrant de sa mission en Malaisie, mais elle était ensuite partie à Lacanau-Océan avant de le terminer. Si on n'avait pas eu besoin d'elle sur Bordeaux, plus tôt que prévu, il aurait été immangeable à son retour.

Une fois son petit-déjeuner avalé, elle passa cinq minutes sous la douche, puis s'habilla. Un jean, une paire de Converse noires montantes Chuck Taylor, un T-shirt à l'effigie du révolutionnaire d'origine argentine Ernesto "Che" Guevara, panoplie idéale pour passer inaperçue. Le tout accompagné d'une veste ample pour dissimuler son 9 mm, accroché à la ceinture, on ne savait jamais.

Aucun papier d'identité, la casquette New-York du COB vissée sur sa tête et le Byphone 22 dans la poche, elle était prête à se mêler aux manifestants, à s'infiltrer parmi eux.

Le rassemblement pour le départ de la manifestation "Anti Unesco" avait lieu sur la place des Quinconces, elle s'y rendit à pied, en à peine vingt minutes.

Cette place, l'Agent Hily la connaissait bien. Quand elle avait obtenu son baccalauréat, elle s'était baignée dans les fontaines aux statues de bronze du Monument aux Girondins qui ornent la place, avec ses amies, comme c'était un peu la coutume à Bordeaux.

Elle avait fait la même chose à Lyon, quelques semaines plus tard, Place des Terreaux, dans une fontaine qui ressemblait étrangement à celle-ci.

En fait, ces deux fontaines se ressemblaient car le premier concours qui avait été lancé pour décider de quelle fontaine la Place des Quinconces serait dotée avait abouti au choix de la fontaine proposée par un certain Auguste Bartholdi (Monsieur Statue de la Liberté). Or, le prix demandé par Bartholdi avait été jugé trop élevé et c'était la proposition du Bordelais Dumilâtre qui fut retenue. La fontaine qu'avait imaginée Bartholdi avait finalement été achetée par la ville de Lyon et elle y ornait aujourd'hui la place des Terreaux.

Bien qu'il y eût tout de même plusieurs centaines de personnes réunies avant le départ, celles-ci étaient loin d'occuper tout l'immense espace. En effet, l'Esplanade des Quinconces pouvait s'enorgueillir d'être la plus grande place d'Europe, avec ses 12 hectares. Achevée en 1828 sur l'espace anciennement occupé par le Château Trompette, une vaste forteresse construite au XVe siècle, la moitié de l'esplanade était plantée d'arbres, en quinconce, d'où son nom.

Tout le monde était massé devant le Monument aux Girondins et sa célèbre colonne des Girondins, haute de 43 mètres, élevée en 1895, surmontée d'une statue de la Liberté brisant ses chaînes, hommage posthume aux Girondins de la Révolution.

L'Agent Hily se fondait dans la foule, elle observait tout et tout le monde, le plus discrètement possible. C'était aussi le cas de la Capitaine Violette et de deux agents du COB spécialisés dans l'observation, mais eux étaient confortablement assis dans la salle de briefing et observaient la scène sur le grand mur d'images. Grâce à la casquette imaginée par l'Agent Taïssia, ils étaient au cœur de l'action. La 3D apportait le relief nécessaire pour que les observateurs aient vraiment l'impression d'être aux côtés de l'Agent Hily, sur le terrain, pour ne rien rater d'important qui aurait pu lui échapper.

Dès le début, plusieurs choses avaient attiré leur attention. Tout d'abord, de très grandes tables avaient été installées où l'on distribuait café, chocolat et viennoiseries. C'était plutôt curieux pour une manifestation déclarée par un collectif de personnes, sans véritable organisation officielle, sans association reconnue ou syndicats ayant pignon sur rue. Les dates et lieux étaient simplement relayés par les réseaux sociaux.

Ensuite, il était tout aussi étonnant de voir quatre camions identiques dont les galeries étaient équipées d'énormes haut-parleurs, haranguant la foule et diffusant des slogans travaillés et peu populaires comme "Bordeaux, sois prêt au renouveau, désinscris-toi de l'Unesco", "Bordeaux n'est pas un tableau, Libérons-nous du sceau de l'Unesco" ou encore "L'Unesco est un fardeau, sortons Bordeaux de cet étau".

C'était sans parler des deux fanfares qui comptaient chacune plus d'une vingtaine de musiciens. Il semblait vraiment y avoir un sponsor, ou tout du moins une organisation structurée qui avait mis en place une certaine logistique avec de gros moyens.

En regardant la foule arriver, l'Agent Hily s'était aussi rendu compte d'un petit manège insolite. Des petits groupes, d'une trentaine de personnes, arrivaient, et, invariablement, un homme allait à leur rencontre, échangeait une poignée de main avec le premier et repartait. Ensuite, le groupe se rassemblait autour de la personne saluée puis tout le groupe se séparait dans toutes les directions sur la place. Certains allaient boire un café et d'autres flânaient en attendant le coup d'envoi du départ, mais ce n'était plus des groupes.

Pour savoir ce qui se tramait, l'Agent Hily sortit de la place et scruta les rues avoisinantes. Elle ne fut pas surprise de voir descendre un groupe d'un autocar et se diriger vers la place. Elle leur emboîta le pas et les suivit jusque sur l'esplanade, comme si elle en faisait partie. Les personnes parlaient peu, semblant ne pas vraiment se connaître, ce qui l'arrangeait pour se faire passer pour l'une deux. Comme précédemment, un homme vint à la rencontre du groupe, échangea avec celui qui marchait en tête et repartit. L'Agent Hily baissa la tête, de sorte que sa casquette couvre la moitié de son visage afin de passer la plus inaperçue possible. Quelle ne fut pas sa surprise quand cet homme lui tendit un billet de 20 €. Une fois que l'homme eut donné à chacun son billet, le groupe se disloqua sur la place, impossible de dire qui était venu avec qui.

L'Agent Hily s'approcha des tables offrant le petit-déjeuner et en guise de clin d'œil à ses collègues observant la scène grâce à sa casquette, elle fixa pendant plusieurs secondes un plateau rempli de chocolatines. Au bout d'un moment, imaginant que ses collègues avaient compris sa petite blague par rapport au nom de l'opération, elle se saisit d'une tasse de café et se dirigea vers un camion. Effectivement, les camions étaient flambants neufs, remplis de tracts et de ravitaillements pour les contestataires qui n'allaient pas tarder à entamer le défilé.

La fanfare de début de cortège se mit à jouer et avança en direction de la place de la Comédie, suivie par deux des quatre camions, puis par les quelques centaines de manifestants dont l'Agent Hily. Enfin, les deux derniers camions et la seconde fanfare fermaient la marche.

Le premier arrêt se fit à seulement cent mètres de là, à l'angle avec les allées Tourny, devant la Maison Gobineau abritant aujourd'hui le siège du Conseil Interprofessionnel des Vins de Bordeaux ainsi que son bar à vin, un des fiefs de l'Agent Hily pour boire un bon verre de vin lorsqu'elle devait faire visiter Bordeaux à des amis. Ce bâtiment particulièrement majestueux attirait inévitablement l'œil avec sa pointe rappelant la forme d'une proue de navire faisant référence à l'activité portuaire de Bordeaux et ressemblant au célèbre "Flatiron Building" de New York.

Après la diffusion des tracts aux passants et la reprise en cœur des slogans, le convoi se remit en branle jusqu'au Grand-Théâtre. Dans ce monument inauguré en 1780, l'Agent Hily avait assisté à plusieurs ballets de danse classique car c'était le siège de l'Opéra National de Bordeaux. Elle avait longtemps rêvé de pouvoir fouler le sol de la scène avec ses chaussons de danse, de poser ses pointes Repetto sur le plancher de la salle pouvant accueillir un millier de personnes, exemple parfait de théâtre à l'italienne. Bien qu'avec un peu plus d'entraînement, elle aurait facilement pu devenir danseuse étoile, elle avait choisi un autre chemin, tout aussi difficile, et ne le regrettait pas. Au Grand-Théâtre, elle y avait tout de même essayé quelques costumes et réalisé quelques portés lors de journées portes ouvertes avec les danseurs titulaires. C'était déjà ça.

Le convoi traversa la place de la Comédie et passa devant l'œuvre monumentale "Sanna" de l'artiste catalan Jaume Plensa. Cette immense sculpture représentant un visage féminin pensif, en bronze, les yeux clos, semblait se demandait ce qu'il se passait.

La manifestation ne faisait que commencer. Voila qu'elle allait emprunter maintenant la rue Sainte-Catherine. Cette rue, de plus d'un kilomètre, était la plus longue rue commerçante d'Europe, comme se plaisaient à le rappeler les Bordelais, puisqu'aucun élément objectif n'était jamais venu infirmer cette allégation.

Jusque-là, tout se passait trop bien. Aucun débordement, aucune violence, même plutôt de la bonne humeur. Mais petit à petit, imperceptiblement, on sentait la tension monter. Il fallait en savoir un peu plus. Elle se déplaça vers plusieurs groupes, scruta les visages, capta quelques conversations, mais rien qui fasse penser à quelques complots que ce soit. Arrivée à la place Saint-Projet, tenant son nom d'un évêque décédé en 674, elle se décida à discuter avec le jeune homme qui marchait à côté d'elle et qui semblait seul. Il fallait en apprendre davantage sur les participants.

La seule chose qu'elle trouva à lui dire fut : « C'est sympa cette manif, en plus il fait beau ».

Il rétorqua nonchalamment : « Oui C'est sympa, C'est votre première fois ? ».

L'Agent Hily saisit l'occasion : « Oui, oui, C'est juste dommage que je ne puisse pas prendre de photo, mon flash se déclenche et reste allumé dès que j'essaye de prendre une photo, je ne sais pas trop m'en servir, il est tout nouveau ».

« Ah bon, C'est bizarre, vous voulez que je regarde ? », lui proposa-t-il.

L'Agent Hily fit oui de la tête et sortit son Byphone 22 et le dirigea vers le jeune homme.

« Vous voyez, si j'essaye de vous prendre en photo, ça fait ça », dit-elle, en déclenchant le flash en direction du visage de l'inconnu. Elle se rendit compte qu'instantanément, les yeux de sa victime s'écarquillèrent et quelques secondes plus tard, le jeune homme ne bougeait plus et avait les yeux dans le vague, comme s'il n'était plus vraiment là.

Elle se rapprocha de lui et murmura : « Qui êtes-vous ? Pourquoi êtes-vous là ? Qu'est-ce qu'il se prépare ? ».

Au COB, dans la salle de briefing, tout le monde se rapprocha de l'écran et prêta l'oreille.

D'une voix presque mécanique, dénuée de toute intonation, le jeune homme répondit qu'il s'appelait Bastien, qu'il avait répondu à une petite annonce pour gagner un peu d'argent pour venir grossir la manifestation et qu'il ne savait pas ce qu'il se préparait et même s'il se préparait quelque chose.

L'Agent Hily coupa le flash et Bastien eut un petit mouvement de recul, retrouvant ses esprits et se demandant s'il n'avait pas eu une petite seconde d'absence, sans doute le flash trop violent.

« Ah non, C'est bon, il fonctionne à nouveau, merci pour votre aide », ajouta l'Agent Hily, avant de s'éloigner.

Elle venait de comprendre qu'effectivement, comme elle s'en doutait depuis son arrivée et le billet de 20 €, une grosse partie des manifestants étaient payés pour défiler, et n'avaient vraisemblablement aucune conviction dans l'idée de demander la désinscription de Bordeaux de la liste de l'Unesco.

Au COB, on en avait tiré les mêmes conclusions, surtout quand l'ordinateur avait réussi à identifier ce Bastien, par reconnaissance faciale, qui effectivement, était connu des services de police, mais seulement pour 2 contraventions, était sans emploi et n'habitait même pas dans la commune de Bordeaux.

Une minorité semblait donc vouloir faire croire qu'une majorité avait des idées anti-Unesco et que la question de l'Unesco était au cœur des préoccupations de beaucoup de Bordelais. Et ceci, quitte à dépenser beaucoup d'argent.

Elle se mit en quête de trouver un organisateur pour l'interroger et essayer d'en savoir un peu plus. Arrivée sur la place de la Victoire, au bout de la rue Sainte-Catherine, elle s'approcha de la colonne en marbre rose dédiée à l'histoire de la vigne et du vin qui avaient fait la réputation de Bordeaux.

Elle fixa des yeux les deux tortues géantes en bronze en se demandant ce que ces sculptures pouvaient bien faire là. En fait, elles symbolisaient la force tranquille du fameux breuvage Bordelais, mais ça, il fallait le savoir !

Elle remarqua un petit groupe, qui semblait donner des ordres de distribution de prospectus et d'orientation du cortège. Elle attendit qu'un d'entre eux se retrouve seul et lui joua la même comédie de la petite Bordelaise qui ne sait pas se servir de son appareil photo téléphone.

Même scénario, même effet, seulement, un peu plus d'informations : « Je suis Jean-Paul, j'aide à l'organisation de la manifestation, car je travaille pour le comité de campagne des Nouveaux Bordelais ».

L'Agent Hily coupa son Byphone22, remercia Jean-Paul et tourna les talons. Certaines choses s'éclaircissaient. Il semblait donc que la manifestation fut organisée par le groupe politique des Nouveaux Bordelais et non pas par un collectif se prétendant d'être anti-Unesco. Cela expliquait d'où venait l'argent pour l'organisation de ces événements et le salaire des faux manifestants.

Il y avait donc une volonté politique d'afficher qu'une majorité souhaitait désinscrire Bordeaux de la liste Unesco. Et tout cela, commandité par les Nouveaux Bordelais. Mais pourquoi ?

Le mystère s'épaississait. Une formation politique regroupant les plus aisés, et donc certainement les plus gros propriétaires immobiliers, commerciaux et industriels, n'avait-elle pas plutôt intérêt à ce que la ville de Bordeaux reste telle quelle ? Une ville classée, telle un monument historique, admirée pour sa beauté, attirant les touristes et les investisseurs. Il semblait donc plutôt opportun de continuer à "porter une attention particulière à la préservation de l'unité architecturale" comme le suggérait l'Unesco. Tout cela était contradictoire et donc étrange.

On pouvait y voir une manœuvre de la part des Nouveaux Bordelais pour discréditer l'actuelle équipe municipale en organisant la grogne des Bordelais. Tout au moins, en faisant croire que beaucoup d'habitants étaient insatisfaits. Ceci pourrait en inciter beaucoup à rallier et à voter pour les mouvements en opposition avec le Maire en place et de ce fait, se tourner vers les Nouveaux Bordelais lors des élections qui arrivaient à grand pas.

En tout cas, le rapport avec la disparition des chocolatines, ces fameux pains de C-4, s'amenuisait. Le COB semblait donc être parti sur une mauvaise piste. Ces manifestations n'avaient sans doute aucun lien avec la disparition des explosifs. C'était seulement une astuce des Nouveaux Bordelais pour se faire élire. Cependant, le leitmotiv de la contestation était tout de même étrange.

L'Agent Hily fit une dernière analyse visuelle des gens qui l'entouraient pour que le COB puisse avoir un maximum de vidéos afin d'identifier les participants, mais on voyait bien que personne ne semblait véritablement suspect dans cette foule. Elle appela la Capitaine Violette pour échanger sur ses analyses et abréger cette balade pour se recentrer sur les explosifs et expérimenter le drone de l'Agent Taïssia. La Capitaine Violette et les deux observateurs étaient arrivés aux mêmes conclusions, plus rien à tirer de ce côté-là pour l'instant.

L'Agent Hily devait regagner le COB. Elle reprit la rue Sainte-Catherine en sens inverse, puis tourna à gauche au niveau de la Promenade Sainte-Catherine, un doux nom qui semblait être une invitation à la flânerie. Ce nouveau quartier qualifié de "centre commercial à ciel ouvert" à l'abri de l'effervescence urbaine des rues adjacentes remplaçait l'imprimerie du mythique journal Sud-Ouest.

Elle le traversa rapidement, sans prêter attention au bâtiment LEGO, véritable totem architectural de par sa forme, une véritable sculpture contemporaine à la texture singulière jouant de différentes ambiances lumineuses de jour comme de nuit, contrastant ainsi avec la pierre blonde des bâtiments voisins.

Elle déboucha rue Porte-Dijeaux et remonta vers la place Gambetta, en passant sous la fameuse Porte Dijeaux datant de 1750, remplaçante de la Porte des Juifs, qui était une des entrées de la ville à cette époque.

Comme elle n'avait pas de voiture, inutile de rentrer au COB par le parking des Grands Hommes, le COBascenseur de Gambetta ferait l'affaire.

Avant de descendre au COB, elle s'assura que personne ne la suivait. Pour cela, elle fit le tour de la place Gambetta, comme une touriste qui visiterait la ville. D'ailleurs, cette place regorgeait de touristes se prenant en photo devant cet espace semi-piétonnier nouvellement emménagé.

On pouvait s'y asseoir et contempler la vie bordelaise. Les bâtiments, aux façades toutes identiques, lui conféraient une harmonie incroyable. Cette place, à plus d'une vingtaine de mètres au-dessus du COB, s'était d'abord appelée Place Dauphine, en hommage au mariage du Dauphin, futur Louis XVI, avec Marie-Antoinette. Sous la Révolution, elle était devenue la Place Nationale avec en son centre un échafaud. Ce n'est qu'en 1883 qu'elle reçut le nom de l'homme d'État Français qui proclama le rétablissement de la République Française, fondant la 3iéme République en 1870.

Une fois sûre que personne ne la suivait, l'Agent Hily s'arrêta devant la porte cochère du numéro 10, juste à la gauche de la borne kilométrique Gambetta. Cette borne en pierre sur laquelle était gravée "origine du bornage", implantée là depuis 1859, indiquait le repère à partir duquel les distances routières étaient calculées depuis Bordeaux vers les autres villes.

Sa seconde fonction était d'indiquer l'entrée du Centre Opérationnel Bordeaux de la DGSIE.

Elle poussa la lourde porte du numéro 10. À l'intérieur, à côté de l'escalier qui desservait les étages supérieurs se trouvait un monte-charge. Sur la large porte en acier piqué de rouille, une rubalise rouge et blanche indiquait "hors service". Elle appuya sur le bouton d'appel pendant 12 secondes, le temps que le scan de ses empreintes digitales soit réalisé. L'accès par lequel elle venait d'entrer se verrouilla. Le monte-charge s'ouvrit. À l'intérieur, c'était un ascenseur moderne. Un moniteur vidéo s'alluma et le visage très sérieux de l'Agent Louna apparut.

« Déjà de retour Agent Hily ? », dit-elle.

« Non, ce n'est pas moi. », répondit L'Agent Hily.

« OK », dit l'Agent Louna.

Il s'agissait en fait d'une manière détournée d'être sûr que l'agent, qui se présentait au COBascenseur, n'était pas là sous la contrainte.

Si l'Agent Hily avait répondu ''Oui'' comme il aurait été convenu de le faire sous la menace d'un ennemi pour ne pas éveiller de soupçons, ce code anodin aurait déclenché les alarmes et le verrouillage automatique du COBascenseur en attendant des renforts.

La porte du monte-charge se referma et une rapide descente s'amorça. La porte s'ouvrit sur le Hall du COB, juste à côté de la porte donnant accès au mini-métro reliant le parking des Grands Hommes.

L'accès au COB était possible de plusieurs manières afin de ne pas éveiller les soupçons sur des habitudes de passage et déjouer les éventuelles surveillances. Si tout le monde passait toujours par le même endroit, cela aurait pu attirer l'attention. Ces différentes entrées et sorties étaient aussi nécessaires en cas d'évacuation urgente, de compromission du site qui était aussi muni d'un système d'autodestruction pour parer à toutes situations et ne pas laisser d'informations classifiées à d'éventuels criminels ou à des services de renseignements étrangers.

Le COB œuvrait pour la sécurité de la nation. Tous les agents se devaient d'être discrets. C'était vital pour l'organisation. Pour surveiller les autres, il valait mieux être sûr de ne pas être surveillé soi-même. D'ailleurs, quand de nouvelles recrues étaient à former, l'Agent Hily faisait souvent référence, en clin d'œil, au film Men In Black : "Vous êtes une rumeur. L'anonymat est votre nom. Le silence votre langue natale. Vous ne faites plus partie du système, vous êtes au-dessus du système, au sommet, au-delà. Nous sommes Eux. Nous sommes Ils. Nous sommes les Agents du COB".

L'Agent Hily pénétra dans la salle de briefing où l'attendait la Capitaine Violette. Elles discutèrent rapidement de la manifestation et s'accordèrent sur le fait qu'il s'agissait bien d'une fausse piste. Quoi qu'il en fût, il valait tout de même mieux retrouver les Chocolatines-C-4 avant la venue de la Présidente de la République.

L'Agent Taïssia avait fini de mettre au point le drone détecteur d'explosif. Il se trouvait sur la table dans une mallette en acier brossé. Elle lut la feuille sur laquelle était détaillé le futur parcours de la Présidente dans la ville. Bien évidemment, cela commençait par le Palais Rohan qui abritait la mairie de Bordeaux où elle serait accueillie par le Maire.

La Capitaine Violette souhaita bonne chance à l'Agent Hily en espérant qu'elle retrouve la trace des explosifs. L'Agent Hily reprit le COBascenseur, mallette à la main.

En parcourant les 500 mètres qui séparaient Gambetta du Palais Rohan et surtout parce qu'il était presque midi, l'Agent Hily s'arrêta pour acheter quelques canelés. Cette pâtisserie typiquement bordelaise, avec un seul "n" pour le canelé bordelais et deux "n" pour les autres, l'Agent Hily en raffolait.

En 2018, elle avait même assisté au dernier championnat du monde de cannelés, le Cannelénium, qui avait lieu à Bordeaux.

Elle y avait appris que l'histoire du canelé était étroitement liée à l'histoire viticole de la région bordelaise et au rôle de Bordeaux dans le commerce triangulaire. Dans le canelé, les arômes de sucre, vanille et rhum témoignent du lien privilégié entre la ville et les Antilles producteurs de ces matières premières.

Un autre ingrédient essentiel des canelés, le jaune d'œuf, était issu de l'industrie viticole. Effectivement dans le processus de collage du vin, les châteaux bordelais utilisaient des blancs d'œuf avant vieillissement pour agglutiner les matières rendant le vin trouble. Le surplus de jaune servait donc à la fabrication des canelés.

Elle termina ses canelés derrière la mairie, dans les jardins du Palais Rohan, assise sur une chaise en métal.

Elle ouvrit la mallette, sortit le drone et s'assura que personne ne prêtait attention à elle.

Elle démarra l'application "Taïssia Drone" sur le Byphone 22. Elle fit décoller l'engin qui grimpa verticalement jusqu'à une trentaine de mètres, le maximum indiqué par l'Agent Taïssia.

À cette hauteur, on n'entendait plus son moteur et avec la clarté du ciel ensoleillé, il était quasi invisible, c'était parfait. La caméra fixée sous le drone rendait une image parfaite sur le téléphone. L'indicateur de Chocolatines-C-4 indiquait : 0 %.

Elle lui fit survoler les 2 ailes qui abritaient le musée des beaux-arts de Bordeaux puis l'envoya au-dessus du palais lui-même, achevé en 1784 pour l'archevêque Ferdinand Maximilien Mériadec de Rohan, le Prince de Rohan. Aucune trace d'explosif.

Le Byphone 22 avait une portée de 800 mètres pour piloter le drone, il était donc possible à l'Agent Hily de pouvoir le faire voler jusqu'à la place Pey-Berland. Ce nom étrange venait en fait de la forme gasconne de Pierre Berland, archevêque de Bordeaux en 1430.

Sur cette place se dressait fièrement la cathédrale Saint-André, consacrée par le Pape Urbain II en 1096. Elle avait vu les mariages de Louis De France, Louis VII, avec Aliénor d'Aquitaine en 1137 ou encore celui de Louis XIII avec l'Infante d'Espagne, Anne d'Autriche, en 1615. Le drone en fit le tour et l'indicateur resta sur zéro, tout comme lorsqu'elle l'envoya au-dessus de la statue en bronze du résistant Jacques Chaban-Delmas, premier ministre de Pompidou et Maire de Bordeaux pendant 48 ans.

Durant sa visite, la Présidente devait aller admirer le miroir d'eau ainsi que les façades de la Place de la Bourse, C'était la prochaine étape pour l'Agent Hily. Elle récupéra le drone et partit vers sa nouvelle destination.

Sur son chemin, elle passa devant une boutique qu'elle connaissait bien, spécialisée dans les dunes blanches, cette chouquette à l'apparence banale mais qui est fourrée avec une sorte de crème pâtissière dont la recette est secrète et qui tire son nom de la dune du Pyla. Elle craqua et en mangea deux.

Elle arriva enfin sur les quais qu'elle traversa pour aller s'installer sur l'herbe du Jardin des Lumières, tout à côté du miroir d'eau, pour pouvoir sortir discrètement le drone.

Le miroir d'eau, un hymne à l'horizontalité. Elle adorait ce lieu. Il faut dire que c'était quand même le plus grand miroir d'eau au monde avec ses 3 450 m², c'était énorme mais surtout magnifique. Enfant, elle y avait pataugé de nombreuses fois et s'était toujours émerveillée de l'effet brouillard. Plus tard, elle avait réalisé que la véritable beauté du lieu résidait dans l'admiration du reflet des façades de la Place de la Bourse, première place ouverte d'Europe, initialement appelée Place Royale.

Le miroir d'eau sublimait ce point d'orgue du patrimoine classique de la ville. Cet ensemble monumental comprenant le palais de la Bourse et l'hôtel des Douanes (ou des Fermes). Il fut construit d'après les plans de l'architecte Jacques Gabriel et de son fils Ange Gabriel, au XVIIIᵉ siècle, qui donnèrent son nom au restaurant de la place.

Elle démarra le drone et l'envoya directement effectuer un vol stationnaire au-dessus de la fontaine des "Trois Grâces". Elle put admirer Thalie, Aglaé et Euphrosyne, les filles de Zeus. Cette œuvre avait été réalisée d'après les dessins de

Visconti. Elle balada ensuite le drone au-dessus des bâtiments. L'indicateur de Chocolatines-C-4 indiquait invariablement zéro.

Tandis que le drone volait au-dessus des quais, l'Agent Hily se déplaça en direction du Pont de Pierre. Elle avait appris récemment que, contrairement à une croyance populaire, l'association d'armateurs et de négociants bordelais dirigée par Pierre Balguerie-Stuttenberg, qui le construisit, n'avait jamais décidé de le construire avec 17 arches pour correspondre au nombre de lettres dans Napoléon Bonaparte. C'était une légende urbaine, qui avait dû être colportée par quelques-uns des 4000 ouvriers qui travaillèrent à sa construction achevée en 1822. D'ailleurs, à l'origine, le pont devait compter 19 arches, mais pour des questions budgétaires et architecturales, deux arches avaient finalement été retirées du projet.

Elle s'engagea cours Victor Hugo, les yeux rivés sur son Byphone 22. C'était finalement assez extraordinaire de voir la ville du dessus, comme avec une application comme Maps mais en temps réel. Elle remonta le cours Victor Hugo pour survoler la Grosse Cloche. La Cheffe de l'État devait y passer pour admirer un des seuls vestiges des anciens remparts de la ville faisant partie des plus vieux beffrois de France abritant Armande-Louise, la cloche fondue en 1775 et pesant 7 750 kg.

Elle devait inaugurer la plaque apposée sous le passage qui retranscrivait ce qu'il y avait de gravé en latin sur la face intérieure de la Grosse Cloche : "Mes coups marquent le temps, ma voix appelle aux armes, je crie à l'incendie, j'ai des chants pour tous les bonheurs et pour tous les morts j'ai des larmes". Toujours rien de ce côté-ci, aucune trace de Chocolatines-C-4.

L'Agent Hily alla récupérer le drone, elle avait presque terminé le parcours que devait emprunter la Présidente. Il n'y avait plus que la Cité du Vin à inspecter. Elle le fit descendre juste devant le parking Victor Hugo, pour pouvoir voir de plus près une des œuvres les plus insolites de Bordeaux, la Jaguar du Parking Victor-Hugo. Cette Jaguar verte de type MK1, simulant un accident, à moitié suspendue dans le vide et menaçant de tomber était une mise en scène inspirée des cascades de James Bond. Elle adorait James Bond.

Elle redescendit sur les quais et marcha jusqu'à la place des Quinconces afin de prendre l'un des deux catamarans Bat3 pour l'emmener au ponton de la Cité du Vin. C'est le bateau baptisé "l'Hirondelle" qui arriva, celui nommé "La Gondole" faisait la ligne dans l'autre sens.

Elle descendit devant le phare de l'œnotourisme bordelais, magnifique bâtiment moderne, à la forme géométrique liquide, dont la structure avait une forme de cep de vigne noueux pour rappeler, à la fois, un vin tournant dans un verre et les remous de la Garonne.

La Présidente devait y faire son discours dans 72 heures pour clôturer sa visite. Son allocution, retransmise par la télévision, aurait lieu dans le Belvédère, sous le plafond psychédélique composé de 3800 bouteilles. Le Belvédère se situait au huitième étage, à 35 mètres de haut, à l'endroit où d'habitude, on dégustait de très bons verres de vin en admirant le pont Chaban-Delmas et la magnifique vue sur Bordeaux. Mais 35 mètres, à ajouter à la toiture protégée par son ombrière ventilée, c'était trop haut pour faire voler le drone. Elle allait donc devoir entrer dans le bâtiment et monter jusqu'au dernier étage, jusqu'au Belvédère, pour s'assurer que le bâtiment n'était pas piégé. C'est ce qu'elle fit, comme une touriste lambda après avoir payé son entrée et pris l'ascenseur jusqu'au sommet, le drone éteint dans la mallette mais le détecteur de C-4 opérationnel. Comme précédemment, l'indicateur resta muet.

Elle avait terminé ses explorations. Sans rien avoir trouvé. Elle s'octroya donc une pause bien méritée et profita de la vue sur le pont et sur la ville. Par chance, un paquebot devait arriver dans les minutes à venir. La circulation fut coupée et quelques instants plus tard, elle assista au spectacle : la travée levante du pont de 575 mètres de long s'ébranla et monta jusqu'à 53 mètres au-dessus de la Garonne en 11 minutes. Ce pont était hallucinant. En même temps, il fallait bien dire que c'était le plus haut pont levant de France et même d'Europe !

Il était juste dommage que la nuit ne soit pas prête de tomber car l'éclairage des quatre pylônes sublimait le Port de la Lune d'une teinte bleue outremer à marée haute et d'une teinte verte Véronèse à marée basse. Elle en profita pour déguster un verre de vin du Château La France, ce fameux château du bordelais qui arborait, à l'entrée, une sculpture monumentale sous la forme d'un coq en acier inoxydable de 12 mètres de haut, recouvert de cinq mille plumes en tôle miroir. Le barman lui expliqua aussi que l'œuvre avait été réalisée par Georges Saulterre et selon le système de triangulation cher à Gustave Eiffel. Ce coq avait été baptisé comme on baptise les bateaux, mais le champagne avait été remplacé par une bouteille de Château La France et renfermait probablement quelques trésors en son ventre.

Elle serait bien restée plus longtemps, malheureusement, il était temps de repartir. En chemin pour regagner le COB et rapporter le drone à l'Agent Taïssia, l'Agent Hily réfléchissait. Elle avait enchaîné les fausses pistes et cela l'agaçait au plus haut point. Après l'infiltration dans la manifestation qui n'avait pas donné grand-chose, aucune trace d'explosifs sur les lieux que visiterait la Présidente de la République, du moins pas encore. Ou alors, ils attendaient le dernier moment pour piéger le parcours.

Hypothèse hautement improbable puisque qu'à partir de cette journée, tous ces lieux seraient sous surveillance accrue en prévision de la visite officielle. Peut-être s'affolait-on pour rien. Peut-être n'y avait-il aucun rapport entre la disparition des Chocolatines-C-4 et la venue de la Présidente.

Peut-être aussi que ces manifestations anti-Unesco n'étaient qu'une manœuvre politique de plus. Mais c'était le rôle de la DGSIE de chercher, dans les moindres petits détails, ce qui pouvait clocher, d'être toujours suspicieux là où personne ne l'était, de refuser systématiquement de croire aux évidences.

Il fallait qu'elle continue à suivre son instinct qui lui disait que quelque chose ne tournait pas rond.

Elle redescendit sous la Place Gambetta pour faire son rapport à la Capitaine Violette. Sur place se trouvait aussi l'Agent Nolan, l'expert en informatique et nouvelles technologies du COB. Depuis sa plus tendre enfance, l'Agent Nolan s'était toujours montré passionné par ce domaine. Il avait toujours un ordinateur à portée de main. Soit il développait des logiciels pour tout et souvent pour n'importe quoi, soit il crackait tous les systèmes qu'il n'avait pas conçus lui-même, non pour son profit personnel, juste pour la beauté du geste. A vingt ans, C'était déjà un as de l'informatique et de la sécurité qui allait avec. Il avait été recruté alors qu'il était encore à Télécom ParisTech, la plus grande école dans ces domaines. Sélectionné pour avoir réussi à victorieusement pirater le système informatique de la DGSIE, c'était tout naturellement que le COB lui avait proposé un job alliant développement et cybersécurité ou 10 ans de prison. Il avait pris le job. Et il était devenu le meilleur dans ce secteur.

Il avait développé un puissant logiciel de reconnaissance faciale. Il pouvait le coupler avec la base de données contenant tous les individus auxquels le COB pouvait s'intéresser, tous les contacts, tous les agents eux-mêmes, et toutes les personnes connues défavorablement du système judiciaire mondial, même seulement pour des contraventions.

L'Agent Nolan était présent car il passait au crible, avec son logiciel, toutes les vidéos issues de la casquette New-York de l'Agent Hily, captées lors de la manifestation. Il y avait un nombre impressionnant de visages à analyser et à comparer et la puissance de calcul nécessaire était énorme. Il supervisait donc le travail du supercalculateur de Météo France à Toulouse dont il empruntait la gigantesque rapidité de calcul à l'insu des météorologues qui ne s'étonnaient même pas des ralentissements qu'ils observaient chez eux.

En entrant dans la salle de briefing, l'Agent Hily salua l'Agent Nolan en échangeant un discret Shaka de la main droite. Ce signe des surfeurs, né à Hawaï, point fermé avec le pouce et l'auriculaire tendu dans des directions opposées, accompagné d'une légère oscillation du poignet, c'était leur signe pour se saluer, depuis qu'ils surfaient ensemble à Lacanau-Océan.

« Rien de neuf, le parcours est sûr et sécurisé, je n'ai rien trouvé », annonça l'Agent Hily, d'un air désabusé.

« Nous le savons déjà, tu as gardé ta casquette, nous avons pu voir tout ce que tu voyais, toi avec tes yeux et ce que filmait le drone quand tu regardais ton Byphone. C'est très beau Bordeaux vu d'en haut. Merci de ne pas être allée aux toilettes, ça aurait pu être un peu gênant. Par contre, tu m'avais caché ton penchant pour les spécialités pâtissières de la région, les canelés et les dunes blanches. Il ne manquait plus qu'un Cacolac pour faire passer le tout », dit la Capitaine Violette d'une voix amusée.

« Un Cacolac, pourquoi ? » demanda l'Agent Hily, en jetant la casquette New-York vers le portemanteau qui se trouvait à côté de la porte, pour s'en débarrasser.

« Hé bien parce que Cacolac, c'est bordelais depuis toujours aussi, ça a plus de 70 ans, l'usine est à Léognan, je pensais que tu le savais », expliqua la Capitaine, qui semblait être une spécialiste de cette boisson.

L'Agent Hily souleva les paupières et ouvrit grand les yeux pour signifier ironiquement que cette information, de la plus haute importance, était des plus intéressantes.

« Mais sinon, concernant notre affaire, je préfère ça, peut-être que nous nous stressons pour rien finalement », dit la Capitaine, en haussant les épaules.

« Et du côté de la Base Aérienne, avons-nous des nouvelles de l'enquête ? », demanda l'Agent Hily.

« Non, aucune pour l'instant, le Commandant de la Base, le Colonel De La Froisse doit nous tenir informés des avancées, mais nous n'avons pas encore de nouvelles », répondit la Capitaine Violette.

Elles décidèrent d'appeler la Base Aérienne sur le champ. On était maintenant à J-3 de l'arrivée du Chef de l'État, il n'y avait pas une minute à perdre.

Le système de visioconférence se connecta à celui du commandant de la base et un homme en uniforme apparut sur le grand écran de la salle de briefing. Ne sachant visiblement pas qui l'appelait, le Colonel De la Froisse prit son plus beau sourire, et d'un air charmeur, commença : « Bonjour Mademoiselle, que me vaut votre appel, puis-je faire quelque chose pour vous ? », les Agents Hily et Nolan restant hors-champ de la caméra, discrétion avant tout.

« Bonjour Mon Colonel, ici la Capitaine Violette de la DGSIE. Je viens aux nouvelles concernant la disparition des explosifs dans votre Base Aérienne. Avez-vous du nouveau ? ».

« Ah, euh, bonjour Capitaine, heu, attendez, je suis surpris par votre appel, il s'agit des affaires internes de la Base Aérienne, nous travaillons à la résolution de cette affaire, mais nous avons aussi d'autres missions à assurer », expliqua hautainement le Colonel qui ne souriait plus.

« Une affaire interne ? 100 kg d'explosifs dans la nature ? Vous avez d'autres missions ? Vous plaisantez j'espère ? Je vous rappelle que nous avons été saisis par le Général Caumartin. Pourrions-nous venir vous voir ? », s'emporta la Capitaine Violette.

« Ne le prenez pas comme ça Capitaine, je ne savais pas que le Général vous avait déjà informé de la situation, ne vous inquiétez pas, nous ferons notre possible pour résoudre ce souci. Malheureusement, mon emploi du temps est très chargé et je ne peux dégager du temps pour vous recevoir, mais je vous tiendrai informée de l'avancement de l'enquête, bonne journée » répondit-il plus courtoisement et raccrocha.

La Capitaine Violette et les Agents Hily et Nolan se regardèrent. On pouvait lire l'étonnement sur leurs visages, surtout sur celui de l'Agent Hily, elle aurait parié l'avoir déjà croisé, mais où, et quand ? Le Colonel De La Froisse semblait peu concerné par la menace que représentaient ces explosifs partis dans la nature, qu'il qualifiait seulement de "souci".

« Agent Nolan, qu'avons-nous comme informations sur ce Colonel De La Froisse, je trouve qu'il prend notre affaire un peu trop à la légère et je ne le trouve pas très motivé pour nous aider », demanda la Capitaine Violette.

L'Agent Nolan pianota sur le clavier de son ordinateur, posé sur ses genoux, avec une extrême rapidité. Quelques secondes plus tard il annonça : « Charles Édouard De La Froisse, Colonel dans l'Armée de l'Air. Il habite Place du Parlement, il est le seul fils issu d'une famille aisée propriétaire d'un château dans le Médoc et d'un autre à Saint-Émilion où il possède d'autres biens. Aucun antécédent judiciaire, en même temps, il est commandant dans l'armée de l'air, ce serait un comble. Il possède beaucoup de biens immobiliers vu le nombre de taxes foncières qu'il paye », détailla l'Agent Nolan.

« OK, nous avons donc affaire à quelqu'un de plutôt privilégié financièrement. Son métier de militaire doit simplement être un job pour lui et il ne doit pas prendre cette affaire très au sérieux, il doit avoir d'autres choses à faire que de s'inquiéter comme nous. Comme souvent et presque comme d'habitude, ne comptons que sur nous-même », marmonna la Capitaine Violette.

L'ordinateur de l'Agent Nolan bipa tout à coup. Il les informa : « Nous avons un retour de la reconnaissance faciale lors de la manifestation de ce matin, le logiciel a trouvé une correspondance, voyons de qui il s'agit ».

Il projeta l'image de son ordinateur sur le grand écran et un visage familier apparut. Familier parce que vu très récemment. Le visage du Colonel De La Froisse. Grâce à la recherche demandée quelques secondes plus tôt, l'identité du Colonel s'était enregistrée dans la base de données du logiciel de l'Agent Nolan et sa photo d'identité avait matché avec un des visages présents sur les vidéos captées par l'Agent Hily.

« Ça y est », cria l'Agent Hily, « je le reconnais, c'est l'un de ceux qui distribuaient les billets de 20 € ce matin, il me disait quelque chose, mais je n'arrivais pas à savoir où et quand je l'avais vu. Je ne l'ai pas reconnu de suite car ce n'est pas lui qui m'a remis les 20 € ce matin mais c'est le premier dont j'ai observé le manège ».

Ils avaient bien compris qu'il y avait un rapport étroit entre les manifestations et le groupe des Nouveaux Bordelais grâce aux aveux des deux participants passés au Byphone. Ces manifestations et donc par ricochet, la déstabilisation de la mairie actuelle étaient donc bien organisées et surtout financées par les Nouveaux Bordelais, mais là, ils s'apercevaient qu'un rapport existait certainement entre le Commandant de la Base Aérienne où avait été dérobés les explosifs et ce nouveau groupe politique. Il semblait évident que le Colonel De La Froisse faisait partie des Nouveaux Bordelais, organisateurs des manifestations. Était-ce seulement une simple coïncidence, il fallait en avoir le cœur net.

« OK, nous allons nous intéresser de plus près à ce colonel, trouvez-nous tout ce qu'il y a à savoir sur lui » s'énerva la Capitaine Violette.

L'Agent Nolan replongea le nez sur son ordinateur et chercha tout ce qui pouvait se rapporter à cet homme. Il interrogea toutes les bases de données auxquelles il avait un droit d'accès et aussi toutes celles auxquelles il n'aurait pas dû avoir accès.

« OK, j'ai lancé la recherche sur les douze derniers mois. Il a effectué un voyage à Dubaï en février dernier puis un autre plus tard à Barcelone », annonça l'Agent Nolan.

« Je comprends, un peu de soleil, ça fait toujours du bien, moi aussi j'avais l'habitude de partir au soleil en hiver, avec mes parents, mais plutôt en Asie du Sud-Est, chacun ses goûts », commenta l'Agent Hily.

« Il a demandé sa mise à la retraite anticipée pour l'année prochaine », continua l'Agent Nolan.

« À 38 ans, C'est un peu tôt quand même, même pour un militaire, je sais de quoi je parle, je suis militaire. Il ne doit vraiment pas avoir besoin d'argent », s'étonna la Capitaine Violette.

« Ah, là, son nom apparaît souvent. C'est le fichier des transactions immobilières. Il s'est porté acquéreur de plusieurs biens. Les transactions datent toutes du mois dernier. C'est pour cela que je ne les avais pas dans ma première recherche. Quatre boutiques et un restaurant à Bord'eau Village, sur le quai des Chartrons. Une entreprise de BTP spécialisée dans le terrassement et deux lofts quai Louis XVIII juste à côté des Quinconces, avec vue sur la Garonne. Je vois qu'il a aussi pris des parts dans deux entreprises spécialisées dans la construction de villas de luxe », détailla l'Agent Nolan.

« D'où proviennent les fonds qui ont financé ces achats ? Parce que là, je pense qu'il y en a pour de sacrées sommes », questionna l'Agent Hily.

« Je vois qu'il a revendu des biens immobiliers, voyons, oui, tout ce qu'il possédait à Saint-Émilion ainsi que le château, et toujours le mois dernier. Tout cela a sans doute permis de financer ces achats au centre de Bordeaux. Rien d'illégal semble-t-il. On dirait qu'il a voulu concentrer son patrimoine immobilier sur Bordeaux. Et je vois que le château du Médoc est en vente », conclut l'Agent Nolan.

Tous trois s'accordèrent sur le fait qu'il était peut-être temps d'interroger ce colonel. Seulement, le fait qu'il manifeste, qu'il appartienne aux Nouveaux Bordelais et qu'il fasse des transactions immobilières ne suffisaient pas à le contraindre à répondre aux questions que se posait le COB, à savoir s'il avait un rapport avec la disparition des explosifs.

Il fut donc décidé que l'Agent Hily se rendrait au domicile du Colonel, dans la soirée, munie de son Byphone, pour l'interroger de manière moins orthodoxe et moins réglementaire mais plus fiable.

Elle demanda à ce que les Cousins l'accompagnent. Les Cousins, contrairement à la Police où ce mot pouvait signifier "indicateur", dans le langage de la DGSIE c'était ce qu'on pouvait appeler des gardes du corps, des costauds, des agents que l'on mobilisait lorsque les choses pouvaient mal tourner. Ce soir, l'Agent Hily pourrait compter sur

Cousin Jolhan et Cousin Jame pour la couvrir au cas où le Colonel ne serait pas coopératif.

Le rendez-vous avait été donné dans le Vieux Bordeaux, Place Camille Julian, du nom du célèbre historien de Bordeaux qui disait "Parler du pays, c'est établir entre cent générations humaines présentes, disparues ou à venir, un lien sacré qu'aucune mort, aucune tempête ne saurait briser".

Pour se rendre Place du Parlement, chez le Colonel, il fallait juste descendre la rue du Pas-Saint-Georges. Les Cousins Jolhan et Jame étaient attablés à la terrasse du café Utopia, à l'entrée du cinéma d'art et essai du même nom, aménagé dans l'ancienne église Saint-Siméon. Ils sirotaient tranquillement un diabolo menthe, ce qui contrastait avec leurs imposantes musculatures et les tatouages qu'ils arboraient sur leurs biceps. On les aurait plutôt imaginés chacun avec une chope de bière d'au moins un litre. L'Agent Hily arriva, s'assit avec eux et posa à terre le sac de sport qui contenait trois combinaisons noires et trois cagoules.

L'endroit était bondé de monde en cette fin d'après-midi ensoleillé. C'était un endroit très agréable pour prendre un verre où nombre de Bordelais se réunissaient. C'était parfait pour se fondre dans la foule et passer inaperçu.

Comme prévu, le Colonel De La Froisse passa devant leur table à 18h40. Ils firent comme si de rien.

Avant de partir du COB, l'Agent Hily s'était renseignée. Le Colonel débauchait à 18h00. Il ne possédait pas de garage mais détenait un abonnement pour le parking situé sous la place Camille-Julian. La sortie qu'il devait emprunter pour se rendre place du Parlement, à son domicile, le ferait passer devant le café où ils étaient assis. Le plan se déroulait tel que prévu, sans accroc. Ils purent ainsi jauger leur proie. Le colonel était grand, plutôt athlétique. Il marchait d'un pas rapide et assuré mais jeta plusieurs fois des regards par-dessus son épaule, on aurait pu le croire légèrement nerveux.

Ils ne se levèrent pas pour le suivre, car ils connaissaient déjà l'adresse à laquelle il se rendait et ils auraient pu attirer son attention car ils faisaient tout de même un peu cliché : une belle jeune femme et deux colosses, ça pouvait faire penser à une star avec ses deux gardes du corps. Ça ne passait pas in-aperçu, autant éviter que les passants se retournent et que le Colonel De La Froisse s'en rende compte et les remarque. La proie repérée, elle expliqua à ses deux collègues la manière dont elle souhaitait opérer.

Le COB, comme la police, n'avait pas auto-rité pour s'introduire chez des individus, même sus-pects et les interroger sans mandat délivré par un juge et sans la présence d'un avocat. De plus, il y avait peu de chance qu'il fût coopératif s'ils avaient simplement demandé à s'entretenir avec lui, la Capi-taine Violette avait déjà essuyé un échec un peu plus tôt. Il fallait donc surprendre le colonel qui devait sa-voir se défendre.

Elle suggéra qu'ils se déguisent en cambrio-leurs à l'aide du contenu de son sac, qu'ils s'intro-duisent, fassent un peu de bruit et que surpris par le propriétaire, une bagarre s'ensuive. Les Cousins, très entraînés, pourraient le maintenir au sol, de force, le temps qu'elle l'hypnotise avec le Byphone 22 et pose ses questions. Ils s'enfuiraient ensuite, emportant quelques bijoux et quelques bibelots pour la crédibilité.

C'était la manière forte, peu réglementaire, mais il fallait, à tout prix, savoir ce qui se tramait, s'il se tramait bien quelque chose et elle n'avait pas eu le temps de chercher une autre solution.

Ils se mirent en route et descendirent la rue du Pas-Saint-Georges en direction de la place du Parlement. Ils s'arrêtèrent devant la porte cochère où seuls deux interphones étaient présents. Un au nom de De La Froisse, l'autre au nom de Augé. Protégée du regard des badauds par ses deux collègues, l'Agent Hily sonna à Augé afin de s'introduire dans l'immeuble sans prévenir le colonel de leur arrivée. Malheureusement, personne ne répondit et la porte semblait résistante à toute tentative discrète d'effraction, elle devait trouver un autre moyen d'entrer dans l'immeuble.

L'appartement se situait au dernier étage et possédait une terrasse sur le toit, il pouvait être possible de s'introduire par là, mais il fallait d'abord arriver sur les toits.

Au bas des immeubles de la place du Parlement, il y avait de nombreux restaurants.
C'est tout naturellement que l'Agent Hily, accompagnée de ces deux Cousins, entra dans le bar tapas "La Casa de Tof y Tofette", à quelques pas de portes de là. Elle engagea la conversation avec un jeune

homme qui cuisinait tranquillement derrière le comptoir.

« Hola Solal, que tal ? Como siempre a cocinar ! », l'interpela-t-elle.

« Hey, hola Hily, que placer, hace mucho tiempo. Si, ya lo ves, mejorando recetas, y tu que tal ? », répondit-il.

« Bueno, escucha, j'ai besoin d'un petit service », continua-t-elle en français.

Le chef du restaurant espagnol et l'Agent Hily se connaissaient bien. Solal était le frère de Paloma, du food-truck "Chez les Pépettes", la restauration, une histoire de famille.

« Tout ce que tu veux Hily, je te dois bien ça, si mon restaurant est tant populaire et renommé auprès des fins gourmets, c'est bien grâce à ta recette familiale des Albondigas que tu m'as transmise et que tout le monde veut absolument goûter. À égalité avec la paella que je fais à partir de la recette du grand hôtelier et chef étoilé, Nico Mottet. Ce sont les deux plats "Signature" du restaurant qui ont fait toute sa notoriété » dit-il, reconnaissant.

« Nous avons besoin d'accéder au toit. C'est une longue histoire, un peu trop longue pour te la raconter maintenant. Peux-tu nous trouver un accès ? », lui demanda-t-elle.

« Oui, pas de soucis, prenez l'escalier au fond de la cuisine, et montez jusqu'au premier étage. Là, vous arriverez devant l'escalier qui dessert les étages supérieurs. Montez jusqu'au quatrième et vous trouverez une petite verrière qui peut s'ouvrir. Il y a une échelle à côté, j'y monte de temps en temps pour profiter de la vue sur les toits, c'est apaisant ».

Il avait à peine fini sa phrase que l'Agent Hily et les deux Cousins s'étaient déjà engouffrés dans la cuisine et montaient les premières marches. Arrivés tout en haut, ils revêtirent leurs combinaisons et leurs cagoules. Ils positionnèrent l'échelle, ouvrirent la verrière et se retrouvèrent sur le toit. Solal avait raison, la vue était imprenable depuis les toits de cette place à l'italienne, créée en 1760 sous le nom de place du Marché Royal puis rebaptisée place de la Liberté à la Révolution française. Sa dénomination actuelle gardant la mémoire du Parlement de Bordeaux qui avait fonctionné de 1451 à 1790.

Ils avancèrent prudemment et, deux verrières plus loin, ils distinguèrent une petite terrasse avec deux transats posés devant un jacuzzi. Une fois tous trois arrivés sur la terrasse, l'Agent Hily posa son oreille tout contre la porte. Elle entendit des bribes de conversation, au loin. Elle crocheta la serrure à l'aide de deux épingles à cheveux qu'elle avait toujours sur elle, ça faisait partie du kit d'un agent en mission. La serrure céda en moins de quatre secondes, elle n'avait pas perdu la main.

Elle passa par l'embrasure de la porte et se retrouva sur un petit palier. Elle sortit son arme pour parer à toute éventualité. Un escalier menait plus bas, dans l'appartement. Elle écouta et comprit que le colonel n'était pas seul, puis elle entendit un carillon, sans doute celui de la porte d'entrée.

Elle fit signe aux deux Cousins de rester sur la terrasse, referma la porte et descendit quelques marches sur la pointe des pieds. Elle entendait des voix, plusieurs en même temps, il y avait du monde et le carillon sonna de nouveau.

Le plan qu'elle avait imaginé tombait à l'eau. Même s'ils étaient trois Agents surentraînés, ils se trouvaient en infériorité numérique, il fallait renoncer.

Elle descendit tout de même encore quelques marches et arrivée au bas de l'escalier, elle découvrit un hall, baigné par la pénombre, sur lequel donnaient plusieurs portes. Les voix provenaient de derrière une double-porte. Elle s'en approcha pour savoir si elle pouvait encore avoir un espoir que tout ce monde s'en aille et pouvoir s'occuper du propriétaire des lieux.

Les sons qui lui parvenaient n'étaient pas tous très audibles mais elle reconnut certains mots qui lui donnèrent envie de rester quelques minutes de plus.

« … le grand jour … spectaculaire … effondrement … ».

L'Agent Hily se concentra pour capter tout ce qu'elle pouvait mais la porte était assez épaisse et les discours étaient ponctués d'applaudissements, ce qui rendait difficile la bonne compréhension.

« … mécontentement gronde … Nouveaux Bordelais … les élections … ».

À ce moment précis, elle comprit que ce à quoi elle assistait, c'était une réunion politique ou quelque chose de la sorte. Il n'y avait plus de doute

73

possible au sujet du colonel et de ses ambitions municipales, cela confirmait clairement ce qu'elle avait compris quelques heures plus tôt.

Puis elle entendit d'autres bribes de conversation dont elle ne saisit plus le sens.

« ... programme ... plans ... Barcelone... bleue ... ».

À cet instant, elle entendit le plancher craquer et des pas se rapprocher d'elle. Elle se plaqua contre la paroi qui jouxtait la porte, bloqua sa respiration et se fit la plus fine et la plus discrète possible. La porte s'ouvrit et un homme traversa le hall en direction de l'escalier qui menait à la terrasse. Par chance, il ne se retourna pas et l'Agent Hily, bien que prête à bondir pour assommer l'individu avec la crosse de son 9 mm, ne bougea pas. Il monta les marches deux par deux, poussa la porte en sortant un paquet de cigarettes de sa poche.

À peine eut-il mis un pied sur la terrasse que le Cousin Jolhan lui asséna, par-derrière, un coup du tranchant de la main sur la nuque pendant que le Cousin Jame le rattrapait, avant qu'il ne s'écrase au sol. Ils le posèrent sur un des deux transats.

Le coup avait été porté d'une manière nette et rapide, comme appris lors des entraînements, au niveau du nerf cervical, sans traumatisme réel afin que les victimes en restent à se demander si elles n'avaient pas fait un malaise, surtout si elles n'avaient pas vu d'agresseur.

L'Agent Hily remonta rapidement, analysa la situation et comprit ce qui venait de se passer. Elle fouilla les poches de la veste de l'inconnu allongé qui semblait dormir profondément. Un certain M. Vanillari.

Ils décidèrent de s'éclipser le plus vite possible, les autres n'allaient pas tarder à se demander ce que pouvait bien faire M Vanillari ou lui-même n'allait pas tarder à se réveiller et pourrait donner l'alerte. Ils repartirent par le même chemin qui les avait emmené là. Ils refermèrent la verrière, se débarrassèrent de leurs combinaisons et de leurs cagoules et redescendirent par le restaurant.

Ils rejoignirent Solal qui était tout occupé à découper du jambon derrière son comptoir.

Après ces émotions, un petit bocadillo serait le bienvenu.

« C'est du pata negra ? », demanda l'Agent Hily.

« C'est du jambon 100 % ibérique bellota, le meilleur au monde. Certains l'appellent quelquefois pata negra, mais ce n'est pas forcément clair comme dénomination. En fait, c'est du jambon issu de cochons de la race ibérique, élevés en plein air, et son appellation est "bellota" car les cochons n'ont pas mangé pratiquement que des glands pendant les quatre derniers mois de leurs vies. Pata negra, c'est plutôt une appellation commerciale qui veut juste dire "sabot noir", donc cochon noir, donc plutôt cochon ibérique mais ce sont les termes "Ibérique et Bellota" qui sont importants », expliqua Solal. Ils repartirent chacun avec un sandwich.

Ils se séparèrent après que l'Agent Hily les eut remerciés pour leur intervention musclée et leur professionnalisme.

Ce qu'elle venait d'entendre dans l'appartement lui trottait dans la tête. Elle avait entendu des choses, cependant, elle ne comprenait pas tout. Elle avait juste capté quelques mots et elle avait du mal à faire les liens. Elle n'avait pas clairement entendu des mots comme "Explosifs ou Attentat" mais "Effondrement et Spectaculaire" l'interpellaient.

Ce qui était sûr, c'était que le colonel faisait bien partie des Nouveaux Bordelais. Elle avait bien entendu "Élections et Mécontentement" mais que faire avec "Barcelone, Plans et Bleue".

Elle prit le chemin de son domicile en marchant, pour essayer d'éclaircir ses idées. Il faisait doux et c'était plutôt agréable de déambuler tranquillement.

En bas du cours de l'Intendance, pour remonter vers Gambetta, elle essaya de laisser ses pensées divaguer pour ne pas rester bloquée sur les mots qu'elle avait entendus et ainsi pouvoir entrevoir d'autres indices qu'elle aurait loupées. Elle essayait de laisser son subconscient prendre le dessus pour voir s'il n'aurait pas enregistré quelque chose qui l'aiderait à comprendre.

Pour cela, elle regarda au loin devant elle et essaya d'oublier où elle se trouvait. Elle marchait mécaniquement, l'esprit ailleurs, mais elle n'arrivait pas à lier toutes les informations qu'elle possédait. Elle passa Gambetta et arriva à Mériadeck sans vraiment s'en rendre compte. Le contraste était pourtant saisissant. Ce quartier fait de tours de verre, de béton et d'acier était né dans les années 70, après que le quartier insalubre qui occupait cet espace fut rasé.

Elle monta sur l'esplanade Charles de Gaule, aménagée en jardin suspendu et agrémentée d'un grand bassin. Elle s'assit au bord de l'eau et contempla les arbres qui cachaient les tours de bureaux.

On était pourtant en pleine ville, mais on n'entendait aucun bruit à part le chant des oiseaux. En effet, elle se trouvait sur une immense terrasse à plusieurs mètres du sol, sans véhicules et leurs bruits de moteur. Ce projet urbanistique avait eu pour but, grâce à des prémices de préoccupations écologiques, de séparer les espaces piétons et les espaces dédiés aux automobilistes. Cependant, ce projet, certes très louable, avait donné la part, un peu trop belle, au béton, dommage.

De ce lieu, l'Agent Hily pouvait voir le haut des tours jumelles de la Cité Administrative de Bordeaux. Ce bâtiment, de style moderniste, représentatif d'un courant architectural appelé "Style International", fut édifié sur l'aire de loisirs de "l'American Park", un parc d'attraction inauguré en 1910 qui proposait même un ancêtre du Grand Huit. Cet immeuble, dont l'une des deux tours était haute de 112 mètres avec 27 étages, et qui fut livré en 1968, restait toujours le gratte-ciel le plus haut de toute la Nouvelle Aquitaine, pas étonnant qu'il n'échappe pas à la vue de l'Agent Hily.

Il était 21 h et le soleil déclinait à l'horizon entre les tours du centre-ville. Le boccadillo de Solal avait eu presque raison de sa faim. Cependant, faire fonctionner son cerveau à 120 % pour arriver à mettre bout à bout tous les éléments qu'elle possédait, sans rien trouver, lui donna une petite envie de grignoter avant d'aller se coucher.

Elle sortit de Mériadeck et continua jusqu'à l'église Saint-Bruno, après avoir passé l'école du même nom où son père avait été élève. Elle cherchait une boulangerie ou un commerce encore ouvert.

Elle se retrouva devant l'une des entrées du cimetière de la Chartreuse. Elle aimait se balader dans cet endroit fleurant bon le calme et le repos éternel. Dans ses allées bordées d'ifs et de tilleuls, elle flânait de temps en temps pour échapper à l'oppression et aux bruits de la ville. Pour l'Agent Hily, c'était un lieu propice à la réflexion, au recentrage sur soi-même, à l'apaisement. Elle aurait bien aimé pouvoir y faire du yoga, elle se contentait plutôt d'y faire de la méditation, c'était plus discret.

Le cimetière laïc de la Chartreuse était le plus ancien et le plus grand cimetière de Bordeaux, considéré aujourd'hui comme l'un des plus riches et des plus intéressants de France. Aménagé à la fin du XVIIIe siècle sur les anciens jardins du couvent des Chartreux. Le quartier était autrefois un marécage qui fut asséché par le cardinal-archevêque François de Sourdis en 1610.

On y trouvait une grande diversité de stèles, tombeaux, temples, mausolées, chapelles néogothiques, sarcophages, tombes chinoises et même des pyramides. Des personnalités célèbres y avaient séjourné ou y séjournaient encore comme le peintre Francisco Goya, le philosophe et écrivain Montaigne, le Comte Laurent Lafaurie De Monbadon, ancien Maire de Bordeaux, le maréchal d'Ornano qui sauva Bordeaux de la peste en assainissant les marais du Peugue et de la Devèze, ou encore Camille Godard, le négociant qui fit don de sa fortune à Bordeaux, c'était d'ailleurs grâce à lui que le parc Bordelais existait.

Le cimetière était fermé mais la boulangerie, style mini Seven-Eleven à la bordelaise, qui faisait l'angle de la rue Georges Bonnac, était encore ouverte. Coïncidence ou pas, elle s'appelait "La Chocolatine". L'Agent Hily n'avait jamais prêté attention à ce nom auparavant mais cette fois-ci, cela lui sauta aux yeux. Elle se laissa tenter par un de ses péchés mignon : une plaque de chocolat Milka au lait des Alpes. Rien de mieux qu'un bon shoot de sucre et de cacao pour se rebooster et sourire en pensant à la marmotte qui met le chocolat dans le papier d'alu.

Elle reprit sa route, marchant un peu plus vite, pour rejoindre son appartement, en contemplant les étoiles qui naissaient dans le ciel.

Arrivée chez elle, elle sortit sur sa terrasse, s'allongea à même le sol et fixa la voûte céleste pour se concentrer. Mais bien vite, elle fut aspirée par la beauté du spectacle qui s'offrait à ses yeux. Elle avait toujours été fascinée par le cosmos, l'univers, l'immensité tout autour de nous. Elle se trouvait à Bordeaux, en Gironde, en Nouvelle-Aquitaine, en France, en Europe, sur la planète Terre.

Cette planète Terre qui faisait partie du Système Solaire qui faisait lui-même partie de la galaxie que nous avions baptisée Voie Lactée. Cette Voie Lactée regroupant environ 250 milliards de Systèmes Solaires, enfin d'étoiles. Les étoiles visibles dans notre ciel n'étaient que les soleils des autres Systèmes Solaires les plus proches de nous. En plus, il semblait qu'il y ait environ 2 000 000 000 000 de galaxies comme la Voie Lactée dans l'Univers qui lui-même serait infini et en expansion.

Nous ne serions donc même pas des poussières de poussière dans l'univers, nous sommes insignifiants, négligeables, nous existons à peine, et étrangement, nous n'y pensons presque jamais, nous trouvons notre monde réel, essentiel et important.

Elle fut prise d'un léger vertige. Elle partit se coucher avant que Morphée ne l'entraîne dans les méandres de rêves hypnotiques.

J - 2

Elle se réveilla tout doucement, tranquillement. Durant la nuit, son enquête ancrée dans la réalité, ses observations et ses considérations métaphysiques sur l'espace, s'étaient mêlés dans ses songes et lui avaient ouvert de nouvelles perspectives. Il fallait voir plus grand, ne pas se limiter à ce Colonel, il fallait enquêter sur le groupe entier des Nouveaux Bordelais.

Elle fila directement au COB, excitée par ce qu'elle pourrait trouver. Elle avait encore besoin de l'Agent Nolan et de ses compétences informatiques. Toujours par souci de discrétion, elle décida d'entrer au COB par un autre accès, celui du magasin Repetto du cours de l'Intendance. C'était l'Agent Hily qui avait suggéré quelques années plus tôt de créer un nouvel accès au centre pour brouiller encore plus les pistes.

Une de ses amies, Ninon, avec qui elle avait pris des années de cours de danse étant jeune, souhaitait reprendre cette magnifique boutique, proche de la place Gambetta, un paradis pour les apprenties danseuses étoiles. Il avait été facile de la convaincre en lui proposant de financer tous les travaux de réhabilitation de l'immeuble et en y adjoignant un toboggan secret et discret, à sens unique, qui menait au COB. Ce toboggan, un trou rond recouvert d'une plaque vitrée opaque était caché derrière le mur du fond de la boutique, entouré de rideaux pourpre et tapissé de pointes Carlotta, Julieta, Alicia ou Gamba.

Elle avait choisi ce lieu car enfant, il symbolisait un rêve, devenir danseuse sur pointes et quelques années plus tard, elle avait réussi à réaliser son rêve. De plus, elle adorait cet accès, pensé par elle-même, car c'était aussi l'occasion de passer devant les rayonnages de Salomés, souvent portées par sa maman. Ces chaussures qui vous transportent au cœur de l'univers mystérieux et glamour du tango. Elle entra par la grande porte entourée de baies vitrées exhibant des tutus étincelants. Comme une cliente se trouvait déjà là, l'Agent Hily échangea un petit signe de la tête avec Ninon et se dirigea vers le mur de pointes. Dès que la cliente fût sortie, Ninon cligna des yeux pour l'autoriser à passer derrière le rideau sans danger.

L'Agent Hily posa sa main droite sur la plaque de verre qui s'illumina brièvement autour de ses doigts, un capteur d'empreintes. La plaque se souleva pour qu'elle puisse s'introduire dans le trou, légèrement oblique, et se laisser glisser, avant que l'issue ne se referme toute seule.

Après une trentaine de secondes de glissade dans le noir total, elle déboucha en douceur sur un grand canapé qui faisait office de réceptacle pour amortir l'arrivée. La lumière du plafond s'alluma graduellement pour laisser le temps aux visiteurs, de se réhabituer, peu à peu, à la clarté.

Ce sas d'arrivée se trouvait juste à côté du bureau de l'Agent Hily, ça aussi elle l'avait pensé lors de l'aménagement de cette entrée.

Ni la veille, ni l'avant-veille, elle n'avait eu, ni le temps, ni le besoin, d'aller flâner à son bureau. Bien qu'il fût déjà 10h30, elle connaissait les habitudes de l'Agent Nolan et savait donc qu'il ne serait pas sur place avant une bonne demi-heure, le sommeil étant pour lui de la plus haute importance.

Elle poussa la porte du sas d'arrivée Repetto qui communiquait avec l'immense hall fourmillant de personnel et entra directement dans le bureau de droite où l'on pouvait lire sur la porte : Agent H.

Son bureau ne ressemblait pas vraiment à ce à quoi on pouvait s'attendre. La grande table qui lui servait de bureau, avec un ordinateur posé dessus et deux téléphones, était jonchée d'une multitude de petits objets de décoration provenant des divers pays dans lesquels elle avait mené des opérations, on aurait dit qu'un vide-grenier était en cours.

Il y avait aussi un coin salon dans son bureau avec une table basse entourée d'un canapé et d'un fauteuil boule du designer Eero Aarnio. Elle aimait se lover dans ce fauteuil pour se concentrer, réfléchir aux affaires en cours, ou plus simplement, faire une pause. La table basse débordait de documents, de photos, de papiers chiffonnés ou griffonnés. Un peu de ménage aurait été le bienvenu, mais on voyait que ce n'était pas son fort.

Au bout du canapé se trouvait un réfrigérateur bas sur lequel trônait une cafetière. Elle se fit couler un expresso long et y ajouta un nuage de lait. Elle s'assit en tailleur dans son "ball chair" et ferma les yeux. L'odeur du café chaud remplit l'espace confiné du fauteuil et les moindres sons extérieurs qui parvenaient jusqu'à elle étaient atténués, l'avantage d'un tel fauteuil, d'ailleurs, elle ne connaissait personne d'autre qui en possédait un.

À 11 heures, elle appela l'Agent Nolan. Rien. Elle lui laissa un message amical, mais sans équivoque, l'invitant à promptement se présenter en salle de briefing pour continuer les recherches sur l'affaire en cours.

Elle prit le chemin de la salle de briefing, la Capitaine Violette était déjà là, impatiente.

« Salut Hily, les Cousins m'ont fait leur rapport sur l'incident d'hier soir, rien de nouveau donc ? », déclara sèchement la Capitaine Violette.

« Bonjour, oui mais non, nous n'avons pas pu interroger le colonel De La Froisse, mais je suis persuadée, d'après le peu que j'ai entendu, qu'il s'agissait d'une réunion des Nouveaux Bordelais et certaines choses que j'ai captées me poussent à de nouveau avoir besoin de l'Agent Nolan pour faire des recherches sur les autres membres de ce groupe », répondit l'Agent Hily.

« Qu'as-tu entendu ? », questionna la Capitaine Violette.

« Des bribes de conversations, rien de très clair, mais quand j'entends des mots comme "Effondrement' et "Élections", j'ai envie d'en savoir plus sur ces hommes et sur ce qu'ils préparent », répondit nerveusement l'Agent Hily.

C'est à ce moment-là que l'Agent Nolan entra dans la pièce, les cheveux hirsutes, un grand mug de café fumant à la main, on aurait dit qu'il se levait juste. Heureusement, il avait déjà son ordinateur portable sous le bras.

« J'ai besoin de la liste complète des membres des Nouveaux Bordelais et tout ce que tu peux trouver sur eux », demanda l'Agent Hily.

« Ok, ok, laissez-moi quelques minutes, le temps que je reconnecte », dit nonchalamment l'Agent Nolan.

« Que tu reconnectes tes neurones ? », plaisanta l'Agent Hily.

« Non, que je reconnecte notre système à celui de Météo France pour la puissance de calcul et que je me branche sur tous les systèmes d'information auxquels nous avons accès ainsi que ceux auxquels nous n'avons pas accès », ironisa l'Agent Nolan.

La Capitaine Violette et l'Agent Hily regardèrent le super informaticien pianoter à toute vitesse sur son clavier, on voyait à peine bouger ses doigts tellement c'était rapide et l'écran ressemblait plus au ruissellement de la matrice verte de Matrix qu'à un site internet bien mis en page.

« J'ai la liste », cria-t-il, victorieux.

« Ils n'ont même pas pensé à crypter en AES-256, trop facile à hacker ! », pouffa-t-il.

Il brancha son ordinateur sur le grand écran de la salle et projeta la liste. Comme prévu, le nom de "De La Froisse" arriva dans les premiers noms, ce qui n'étonna personne.

L'Agent Nolan confronta la liste déroulante des 40 personnes qu'il venait d'obtenir aux systèmes bancaires, judiciaires et de transactions immobilières.

Pour le système bancaire, rien d'anormal ne fit biper le programme, pas de gros revenus sans fortune immobilière ou personnelle, pas de train de vie spécial qui ne serait pas du tout en rapport avec les patrimoines de chacun. Seulement le fait qu'au regard de leurs revenus ou de leurs comptes en banque, tous sans exception, faisaient plutôt partie de la bourgeoisie, voire la haute bourgeoisie. On y trouvait des professions libérales, des patrons d'entreprises, des rentiers, rien que du beau monde.

Côté judiciaire, jusqu'au 32e nom, aucun n'apparaissait être connu défavorablement du système judiciaire à part quelques excès de vitesse, souvent avec de grosses cylindrées, en rapport avec leur fortune, ce qui ne déclenchait pas d'alerte particulière. Pour le moment, rien ne semblait donc vraiment étonnant. Un groupe de personnes aisées voulait s'emparer de la mairie de Bordeaux. Ils mettaient les moyens pour y arriver, quitte à payer des manifestants pour discréditer l'actuelle municipalité.

Pas très fair-play mais rien de totalement illégal, juste déloyal.

Au 33ᵉ nom, un certain M. Vanillari, deux bips se firent entendre. L'attention du trio vers le grand écran se fit plus nette. Ils venaient de tomber sur quelque chose.

« C'est lui à qui nous avons eu affaire hier soir, sur la terrasse du Colonel De La Froisse », s'écria l'Agent Hily.

« Il était là, j'ai checké son porte-feuille pendant qu'il était inconscient » ajouta-t-elle.

M. Vanillari était propriétaire de plusieurs commerces autour du marché des Capucins. Il possédait un immeuble sur la place elle-même, mais on ne trouvait aucune trace de résidence principale. Ce qui avait fait biper l'ordinateur, c'était que cet individu avait été impliqué dans deux affaires mais n'avait jamais été condamné.

La première était le braquage à main armée de la banque BNP du cours du Chapeau-Rouge à Bordeaux, trente ans plus tôt. M. Vanillari avait été arrêté car il était apparu plus d'une fois sur les vidéos de surveillance, semblant faire du repérage à l'intérieur et à l'extérieur de la banque. Faute de preuve, les individus étant masqués et le butin de 80 millions de francs non retrouvé, il avait bénéficié d'un non-lieu.

La seconde affaire datait d'une vingtaine d'années et s'étalait sur six ans. À cette époque, M. Vanillari était le propriétaire du grand café restaurant

"Le Régent", Place Gambetta à Bordeaux. Ce restaurant avait brûlé tous les deux ans pendant 6 ans. Les sommes versées par les assurances étaient astronomiques en rapport avec le chiffre d'affaires déclaré qui semblait surévalué. M. Vanillari avait été mis en examen pour incendies volontaires et pour fraudes aux assurances mais là encore, le procès n'avait pas permis de mettre en évidence quoi que ce soit. Certes, il y avait à chaque fois des bouteilles de gaz dans les cuisines d'où démarraient les incendies et qui aidaient à la destruction quasi totale des lieux. L'établissement n'était pas raccordé au réseau de gaz de la ville, c'était donc normal de posséder des bouteilles de gaz. Les incendies se déclaraient toujours pendant le service. On attribuait cela à une marmite d'huile qui prenait feu et comme tout le personnel sortait plutôt que d'essayer d'éteindre le feu naissant, pour sauver leurs vies, les lieux brûlaient ou explosaient. Pour les chiffres d'affaires, ils étaient supérieurs aux estimations mais l'argent était bien là.

En 3 incendies, c'étaient plusieurs dizaines de millions d'euros qui avaient été versés à M. Vanillari avant qu'il ne revende le restaurant et que plus aucun incendie ne se déclare. L'affaire avait été classée mais de forts soupçons avaient pesé sur M. Vanillari, assez pour que cela soit noté dans son casier judiciaire.

Le cerveau de l'Agent Hily bouillonnait. La seconde affaire semblait être le moyen de blanchir l'argent récupéré de la première et d'en gagner encore plus mais tout cela avait été sans doute trop difficile à prouver à l'époque.

Sur demande de l'Agent Hily, l'Agent Nolan lança un programme de recoupement entre les 40 noms de la liste et les magistrats qui s'étaient occupés de cette affaire quelques années plus tôt.

La réponse apparue clairement. Un des avocats et deux juges qui avaient été saisis à cette époque, faisaient maintenant partie des Nouveaux Bordelais.

Ça sentait l'embrouille à plein nez mais rien ne permettait de faire un quelconque lien solide avec les Chocolatines-C-4, la venue de la Présidente de la République et ce groupe, et pour l'affaire des incendies, il devait y avoir prescription.

Les derniers noms de la liste ne révélèrent pas d'autres anomalies.

Par contre, ce qu'il se passa, quand ils confrontèrent la liste des 40 noms au système des transactions immobilières, les laissa bouche bée. Le programme n'émit pas quelques bips mais un bip prolongé qui devenait agressif pour les oreilles alors que plusieurs dizaines de lignes à la seconde défilaient à l'écran.

Au total, c'était 924 transactions que le système avait repéré auxquelles les noms de la liste avaient participé sur la dernière année.

Globalement, comme ce qu'ils avaient découvert la veille pour le Colonel De La Froisse, chaque personne avait à son actif un nombre impressionnant de ventes et d'achats.

Avec une analyse plus fine, ils découvrirent encore que la majorité des ventes provenaient d'endroits géographiques plutôt éloignés du plein centre, se situant extra-boulevards de Bordeaux ou en banlieue. À l'inverse, pratiquement tous les achats se situaient dans le centre-ville de Bordeaux.

La répartition était déconcertante. Beaucoup de locaux commerciaux de Bord'eau Village, qui bordaient la Garonne, du hangar 15 au hangar 19, dans le quartier des Chartrons, avaient été rachetés ou pris en location. Un grand nombre d'appartements se situant sur les quais, du pont Chaban-Delmas au pont de Pierre avaient aussi fait l'objet d'acquisitions massives. S'ensuivait aussi un grand nombre d'entrepôts dans ces mêmes quartiers, toujours proches des quais et des bassins à flot, ainsi que plusieurs entreprises de BTP, souvent achetées en association entre plusieurs personnes de la liste.

On pouvait aussi noter des mouvements inhabituellement nombreux du côté du quartier de la Bastide sur la rive droite de la Garonne. Les Nouveaux Bordelais achetaient tout ce qui était disponible en bord de Garonne, en se débarrassant de leurs autres biens plus excentrés.

Ils contactèrent Mademoiselle Andréa, la Présidente de la Chambre des Notaires de la Gironde, avec qui certains membres du COB avaient des contacts étroits et qui bien souvent les avait aidés dans diverses affaires qui impliquaient des recherches à engager dans les domaines gérés par les études notariales.

Elle leur confirma le volume inhabituel des transactions sur ce secteur, mais elle leur expliqua que rien d'illégal ne semblait se dégager de ces dernières. Certes, une mainmise ou un monopole sur ces quartiers se dessinait, ce qui n'était jamais de bon présage. Sauf pour les propriétaires eux-mêmes qui pourraient dicter les prix du marché. Mais, quand bien même peu de personnes devenaient propriétaires d'une majorité d'habitations ou de locaux dans un même quartier, il semblait impossible de tout s'approprier, ce qui remettait en cause cette théorie.

Elle les rassura en leur expliquant qu'ils étaient loin d'avoir tout acheté, qu'il n'y avait plus beaucoup de biens disponibles sur le marché immobilier et que ces personnes n'avaient, semblait-il, plus d'autres biens dont ils furent propriétaires et qui pourraient servir à financer encore de nouveaux achats.

Ils remercièrent vivement Mademoiselle Andréa qui les assura de sa vigilance encore plus aiguisée si elle observait de nouveau d'autres opérations immobilières d'une telle envergure.

Tout cela les rendait perplexes. Il était agaçant de constater que des choses déconcertantes se déroulaient depuis des mois sans pouvoir comprendre les objectifs et les relier à leur affaire principale, "l'opération Chocolatines", si lien il y avait.

Le silence avait pris la parole dans la salle de briefing. Tous trois étaient plongés dans leurs pensées, essayant de relier les informations, les indices, les dernières découvertes, comme quand enfant, on relie des points pour faire apparaître un dessin, mais dans le cas présent, aucun point n'était numéroté.

Un léger bruit de mitraillette rompit le silence. L'Agent Nolan s'énervait sur les touches de son clavier.

« Je vais checker les bornages de leurs téléphones portables », expliqua-t-il.

« Nous avons le droit de faire cela hors commission rogatoire ? », demanda la Capitaine Violette.

« Le droit, je ne sais pas mais si nous savons le faire discrètement, faisons-le, nous sommes à J-2 de l'arrivée de la Présidente et nous n'avons que peu de choses », justifia l'Agent Hily.

« Je vais devoir appeler l'Agent Hana-Rose. Ta coéquipière lors de la mission "Romance" à La Clusaz. Elle peut avoir accès à tous les logs des fournisseurs d'accès câble, internet et téléphonie. Je ne sais pas comment elle fait, elle a sans doute un contact qui a dû travailler dans ce milieu », expliqua l'Agent Nolan.

Il appela l'Agent Hana-Rose qui lui indiqua la marche à suivre. Il procéda clandestinement à la récupération de l'historique des données de géolocalisation des téléphones portables, sur une année, en se connectant à tous les fournisseurs d'accès après avoir déjoué ou contourné leurs systèmes de sécurité, sur les conseils avertis de l'Agent Hana-Rose.

Ensuite, il croisa toutes les données entre elles afin de savoir où et quand elles se superposaient. C'est-à-dire pour savoir quand plusieurs de ces personnes se seraient rendues au même endroit. On avait à l'écran une carte de la Gironde avec une couleur par individu et autant de point sur la carte que d'endroits où leurs téléphones s'étaient connectés à l'antenne relais la plus proche.

Pour la région Bordelaise, il était impossible de conclure quoi que ce soit. Tout le monde était allé à peu près partout, chaque couleur apparaissait des milliers de fois.

Par contre, en zoomant arrière, ça devenait plus lisible. Trente d'entre eux étaient allés à Paris au moins une fois dans l'année, vingt-deux sur le Bassin d'Arcachon, dix-sept dans les Alpes, quatorze sur la côte méditerranéenne. Toujours pas de quoi en déduire quoi que ce soit.

L'Agent Nolan zooma arrière encore une fois et fit apparaître la carte du monde. Treize étaient allés à New-York, neuf aux Seychelles, sept aux Maldives mais ce qui les frappa, c'est qu'ils s'étaient tous rendus à Barcelone dans les 6 derniers mois. Et une bonne moitié étaient allée à Dubaï. Pas en même temps, mais, tout de même, ça faisait une sacrée coïncidence.

« Pour Barcelone, je peux les géolocaliser facilement, presque au centimètre près, par contre, aux Émirats Arabes Unis, c'est plus délicat, les historiques détaillés ne sont pas sauvegardés, on peut juste dire qu'ils y ont séjourné, mais il ne sera pas possible de connaître clairement les lieux visités », détailla l'Agent Nolan.

« Alors, ils sont tous passés par l'aéroport de Barcelone, normal, et ils ont séjourné dans divers endroits de la ville, OK, bon, Ah !, ils se sont tous rendus, sans exception, carrer de Mallorca, au 401, juste en face de La Sagrada Familia », triompha-t-il.

« Ok, Hily, il est 12h30, tu pars pour Barcelone avec Nolan, j'appelle l'Agent Gab pour qu'il prépare le jet, l'Embraer Phenom 100, celui que l'on a saisi à Bouharchev, et qu'il soit ready for take off pour 13 h », ordonna la Capitaine Violette.

« Tu connais notre contact là-bas ? », questionna-t-elle.

« No soucy, je connais bien notre contact sur place, l'Agent Julietta du Centro Nacional de Inteligencia alias Juliette Sylvestre, ma cops. Nous nous connaissons depuis toujours et nous avons déjà travaillé ensemble sur plusieurs affaires, on se kiffe ! », répondit l'Agent Hily, avec un large sourire.

« Je passe voir Tata pour récupérer l'équipement et nous filons directement à Mérignac retrouver Gab. Je peux prendre l'Aston Martin ? C'est pressé là non ? », supplia l'Agent Hily, et elle sortit sans attendre la réponse.

Arrivée devant le bureau de l'Agent Taïssia, qui ressemblait plus à un laboratoire, à une micro-usine ou à une caverne d'Ali Baba, plutôt qu'à un bureau d'études, elle entra directement.

Il n'y avait personne et l'Agent Hily ne put s'empêcher de fureter partout, à la recherche du dernier gadget tendance dans les services de renseignements.

La porte s'ouvrit quelques secondes plus tard et l'Agent Hily entendit : « Le détecteur d'emmerdeuse que j'ai placé à l'entrée vient de m'indiquer ton arrivée, de quoi as-tu encore besoin ? ».

« Je pars à Barcelone, il me faut une arme, une paire de lunettes à rayons X, une montre holographique diffuseuse de gaz paralysant et un paquet de cigarettes lance fléchettes empoisonnées », réclama l'Agent Hily.

« Pour l'arme, tu as toujours le 9 mm Glock-17 semi-automatique, pour le reste, tu les fabriqueras toi-même », ricana l'Agent Taïssia en lui tendant un petit sac à dos contenant le minimum pour une courte mission, brosse à dents, dentifrice, culotte, t-shirt et quelques cartouches 9 mm.

Aucun papier d'identité, pas de plaque, surtout rien qui puisse l'identifier, discrétion oblige.

« Sinon, le Byphone 22, que tu ne m'as pas rendu, prend des photos en ultra haute définition, presque du rayon X, il donne aussi l'heure pour remplacer ta montre holographique, et tu peux t'en servir pour assommer quelqu'un au lieu d'envoyer du gaz paralysant. Il est assez solide, j'avais prévu avec toi. Tu as donc à peu près tout ce qu'il te faut. », ironisa l'Agent Taïssia.

« Pfeuh, C'est toujours comme ça, j'ai jamais droit aux trucs de malades ! Je te prends les clés de l'Aston Martin, la Capitaine m'a dit oui », dit-elle en sortant.

L'Agent Hily glissa son revolver dans le sac à dos et se dirigea, avec l'Agent Nolan, vers l'entrée-sortie métro qui allait les emmener à l'extérieur. Une fois que la mini rame de métro eut rejoint le garage du parking des Grands Hommes, ils s'approchèrent de l'Aston Martin DB5, la voiture convoitée par tous les agents, pour le clin d'œil à James Bond. Elle s'assit au volant, tourna la clé et fit hurler le six cylindres en ligne, un régal.

Ils remontèrent le parking hélicoïdal sur les chapeaux de roues. Ils filèrent à toute vitesse dans les rues étroites de Bordeaux pour rejoindre l'aéroport de Mérignac. Les pneus crissaient sur l'asphalte tandis que le compte-tours ne descendait pas sous les 7000 tours, on aurait pu croire qu'un rodéo urbain avait lieu.

L'Agent Hily savait qu'ils avaient tous les droits avec une voiture du service, surtout quand le temps jouait contre eux. De toutes façons, à l'allure où ils circulaient, personne ne pourrait les rattraper pour les verbaliser. L'Agent Nolan s'accrochait à la poignée au-dessus de la porte et n'en menait pas large.

Il ne leur fallut que 8 minutes pour parcourir les douze kilomètres qui les séparaient de l'aéroport. Ils arrivèrent devant le hangar, en bord de piste, déjà grand ouvert, où les attendait l'Agent Gab. L'Agent Hily se gara directement au pied de l'appareil.

« Opération Chocolatines, priorité absolue, réquisition de votre Jet Privé, et que ça saute ! », lança l'Agent Hily, en riant, puis elle salua chaleureusement son collègue en lui donnant une accolade amicale.

Tous deux se connaissaient depuis fort long-temps et c'était lui qui avait piloté l'hélicoptère lors de leur dernière mission en Malaisie, quelques jours auparavant, pour rentrer de Malacca à Singapour. L'Agent Gab regarda la magnifique Aston Martin puis repensa à sa vieille Méhari jaune qu'il avait mi-raculeusement réussi à faire immatriculer 33 RG 33, RG pour Ricetto Gabriel ou Guillaume, son frère, et se demanda un cours instant s'il avait bien choisi sa spécialité à la DGSIE.

L'Agent Gab était le fils du célèbre pilote d'Air France Fabrice Ricetto, celui qui avait réussi à poser son Boeing 747-400 sur la Garonne alors qu'il avait connu une quadruple panne moteur en approche de Bordeaux, sauvant ainsi la vie de 580 passagers et des 18 membres d'équipage.

Dans l'appareil en descente, la Chef de Cabine Céline, et ses hôtesses, Aimie et Lola, avaient su faire garder leur calme et leur sang froid aux passagers en leur expliquant qu'il s'agissait juste d'un exercice.

Elles les avaient encouragés à prendre un maximum de photos, par les hublots, de l'amerrissage, qu'ils pourraient ensuite partager sur les réseaux sociaux une fois l'avion immobilisé et les toboggans dépliés, le temps que les secours arrivent par bateau. Tous les passagers avaient adhéré et tout s'était bien passé.

Quand l'Agent Gab n'était pas en Polynésie Française, sur l'île de Tahiti, à faire de la voltige à la verticale des installations de l'aéroport de Faaa, il attendait patiemment au COB, ou à Mérignac, d'être déclenché par la DGSIE, et s'occupait en donnant des cours à de jeunes lycéens pour préparer le Brevet d'Initiation Aéronautique.

Une fois installés tous les deux dans le cockpit, l'Agent Hily alla s'asseoir à droite afin de faire office de copilote. Elle aurait bien rejoint l'Agent Nolan, qui somnolait déjà sur l'un des quatre gros sièges en cuir, pour se faire dorloter par un steward, mais il n'y avait pas d'autre personnel à bord et elle adorait piloter.

L'appareil sortit du hangar pour s'engager sur le tarmac. Il se mit au roulage sur le taxiway pour rejoindre la piste 05/23. Le contrôleur aérien, du haut de la tour de contrôle dessinée par Philippe Starck, avait déjà reçu un ordre de priorité absolue concernant le jet privé dorénavant immatriculé Fox - Hotel India Lima Yankee.

Ils décollèrent rapidement et une fois l'altitude de croisière de 41 000 pieds atteinte, ils purent tranquillement admirer la vue imprenable que le passage au-dessus des Pyrénées leur offrait.

Ils amorcèrent leur descente sur Barcelone-El-Prat à 14h15 et se posèrent à 14h30.

L'Agent Julietta les accueillit en serrant dans ses bras l'Agent Hily. Ça faisait presque deux années qu'elles ne s'étaient pas vues. Même si le temps où elles jouaient ensemble à Marco Polo autour d'une piscine, était déjà loin, elles avaient su garder une complicité sincère et inébranlable. Elles échangèrent quelques mots en espagnol mais s'arrêtèrent rapidement pour ne pas exclure les Agents Nolan et Gab de la conversation et pour se recentrer sur la mission.

« J'ai été briefée par votre chef, j'ai eu le temps de chercher et j'ai trouvé quelque chose. Au 401 du carrer de Mallorca, en face de La Sagrada Familia, on peut trouver le grand cabinet d'architecte Barraco-San-Miguel-Garcia », expliqua l'Agent Julietta.

Elle leur apprit qu'il s'agissait d'un grand cabinet d'architectes, spécialisé dans des projets immobiliers d'envergure ou des restructurations ou des réhabilitations de quartiers entiers. Ils étaient très réputés et travaillaient sur des projets dans le monde entier. Elle les avait appelés en se présentant comme faisant partie des Nouveaux Bordelais et souhaitait prendre rendez-vous. Tout s'était passé très cordialement jusqu'à ce qu'on lui demande son nom et son mot de passe, qu'elle n'avait évidemment pas su donner.

À cet instant, le ton avait changé. On lui avait expliqué sèchement qu'elle s'était sans doute trompée de numéro de téléphone et que personne chez Barraco-San-Miguel-Garcia n'avait entendu parler de Nouveaux Bordelais. On l'avait expressément priée de ne plus appeler.

« Vu l'accueil qu'ils m'ont réservé, j'ai bien envie de savoir ce qui se trame. Le cabinet ferme à 16h30, je vous propose que nous nous y rendions vers 17 h, une fois que tous les employés seront partis. J'ai demandé à un de mes collègues, spécialiste en alarme et télésurveillance, de désactiver discrètement et à distance les systèmes d'alarmes pour que nous ne soyons pas dérangés », exposa l'Agent Julietta.

« Tout à fait d'accord avec toi, on va aller y jeter un œil. Et si en attendant, tu nous emmenais déjeuner sur la terrasse de ton chiringuito favori, l'Enjoy je crois, au sud de Casteldefels, à Les Botigues de Sitges, je me souviens qu'on y mange de très bonnes tapas », proposa l'Agent Hily.

Ils abandonnèrent l'Agent Gab qui devait s'occuper de la paperasse et faire le plein du jet et s'engouffrèrent dans la Ford Mustang Cabriolet de 1965 de l'Agent Julietta. Non pas qu'elle fut une inconditionnelle des voitures anciennes, mais le simple fait que le logo soit un cheval un galop avait retenu toute son attention. Elle adorait les animaux plus que tout et surtout les chevaux. C'est pourquoi elle avait craqué sur cette voiture mythique qui lui offrait, une fois décapotée, des sensations semblables à un galop à cheval, les cheveux dans le vent.

À l'Enjoy, sur la plage, ils se régalèrent de croquetas de jamón, de tellines, de pimientos de Padron, de patatas bravas et de pan con tomate, un petit break bien appréciable, en regardant la mer et en s'enivrant de son parfum iodé.

Cependant, l'heure tournait et ils durent rapidement se reconcentrer sur l'affaire qui les occupait. Ils se remirent en route en direction du centre de Barcelone via la ronda littoral. Ils abandonnèrent la Ford Mustang tout proche du temple expiatoire de la Sagrada Familia, le monument le plus visité d'Espagne. Ils levèrent les yeux devant ce monument fascinant et grandiose, en travaux depuis 1882 et dont la date d'achèvement n'était pas encore connue. Ils comprenaient pourquoi on pouvait le qualifier de "poème mystique".

L'Agent Julietta crocheta la serrure à 17 h pile et comme prévu, aucune alarme ne hurla. L'Agent Hily sortit son 9 mm pour parer à toutes éventualités alors qu'ils s'introduisaient tous les trois à l'intérieur du bâtiment. Ils se mirent à la recherche du local informatique. Une fois localisé, les filles laissèrent le spécialiste se mettre en action. L'Agent Nolan alluma son ordinateur portable qui ne le quittait jamais et se brancha sur le switch où tous les ordinateurs du cabinet étaient reliés, ainsi que le serveur central qui devait contenir toutes les données de l'entreprise. Comme d'habitude, il cracka le système d'authentification en quelques minutes pendant que les filles s'assuraient que personne ne pouvait venir les déranger. Il copia tous les dossiers et fichiers où apparaissait le mot clé qu'il avait entré : Bordeaux. Il en trouva plusieurs dizaines, ce qui leur fit penser qu'ils étaient sans doute sur une bonne piste, au moins une piste.

Une fois tous les fichiers récupérés, ils reprirent le chemin de la sortie et prirent toutes les précautions afin de ne laisser aucune trace de leur passage. Il aurait été fâcheux que l'on puisse s'apercevoir qu'ils avaient illégalement dupliqué, en entrant par effraction, les données de l'entreprise.

L'Agent Julietta les raccompagna à l'aéroport à bord de sa Ford Mustang où ils retrouvèrent l'Embraer et l'Agent Gab. Ils se promirent de se revoir rapidement pour partager un plus long moment ensemble.

L'agent Nolan profita du vol retour pour trier, sélectionner et transférer les données récupérées vers le serveur du COB.

Au final, il y avait un dossier de génie civil, un dossier de plan de situation, un dossier de plan de masse et un dossier de plans de villas. On pouvait bien évidemment imaginer que tout cela se rapportait à Bordeaux, au regard des noms de fichiers qui commençaient tous par BDX mais le format n'était pas lisible. Les fichiers n'étaient pas directement visualisables. Il fallait un logiciel adapté.

Durant le vol, ils demandèrent à ce qu'un spécialiste du cadastre puisse être mobilisé pour procéder à l'analyse des plans dès leur arrivée, prévue aux alentours de 21 h.

Le COB confirma la prise en compte de la demande mais précisa que le temps nécessaire pour trouver ces interlocuteurs était trop juste et qu'il serait plus opportun de prévoir l'entrevue vers 22h30.

Les trois agents, à bord du jet, dépités, venaient de perdre 1h30 pour ce qui était de la progression de leur enquête. Rapidement, ils s'accordèrent plutôt sur le fait qu'ils avaient gagné 1h30 de temps libre et l'Agent Gab proposa de les emmener faire le tour du Bassin d'Arcachon, avant de se poser. À cette heure-là, ils pourraient admirer le coucher de soleil. Ils n'hésitèrent pas une seconde.

Ils survolèrent les fameuses cabanes tchanquées 51 et 53 de l'île aux Oiseaux. La cabane aux volets rouges et la cabane aux volets blancs. Ces cabanes, dont le terme "tchanquées" était la francisation du participe passé gascon " chancat ou chancada" qui signifiait "fichées sur des pilotis" ou "montées sur des échasses", étaient auparavant destinées aux ostréiculteurs. Ils pouvaient surveiller leurs parcs à huîtres, s'abriter du mauvais temps et réduire les déplacements sur le bassin. Elles étaient devenues, au fil du temps, un des emblèmes du bassin d'Arcachon.

Ils mirent ensuite le cap plein ouest, direction le Banc d'Arguin, entre la dune du Pyla et la pointe du Cap Ferret. Ils survolèrent, à basse altitude, ce banc de sable, d'environ 4 km de long sur 2 de large à marée basse, qui changeait continuellement de forme et d'emplacement, au gré des courants marins, des marées et du vent. L'eau cristalline, qui d'habitude éclatait d'un vert émeraude étincelant, changeait. Elle s'était colorée en bleu profond et mangeait le sable blanc immaculé qui s'enfonçait vers les profondeurs des passes du bassin. Le crépuscule approchait.

On aurait aisément pu se croire dans les Caraïbes. Les dernières lueurs que le soleil leur offrait, avant de plonger totalement sous la ligne d'horizon, donnaient des teintes rosées aux serpentins de nuages qui dansaient dans le ciel et des reflets orangés à l'écume des vagues. Un panorama fascinant, magnifique et magique.

Après ces quelques minutes de contemplation, l'Agent Gab vira plein nord et remonta le long de la côte océane en suivant le cordon dunaire. Les plages du Mirador, de la Pointe, du Cap Ferret, des Pangolins, de l'Horizon, de la Torchère, de la Garonne, du Truc Vert, du Grand Crohot, de la Jenny, Gressier, du Porge, de la Cantine Nord, du Lion, de la Super Sud et de la Sud de Lacanau défilaient sous leurs yeux.

Ils arrivèrent à la verticale de la plage centrale de Lacanau-Océan, reconnaissable à son trait de côte discontinue qui empiétait sur l'océan. La ville résistait tant bien que mal à l'érosion côtière, aggravée par de brutales tempêtes hivernales.

Sur le trajet depuis le Cap Ferret, ils avaient pu observer un grand nombre de Blockhaus qui, eux, n'avaient pas résisté à l'érosion. Bien loin d'être toujours au sommet de la dune ou juste derrière, on les retrouvait au bas de la dune, sur la plage, s'ils n'avaient pas été dynamités ou engloutis par l'océan. Certains, léchés par les vagues, étaient transformés en œuvres de street art ou agonisaient à demi ensevelis par le sable. Ces vestiges du mur de l'Atlantique, construit entre 1942 et 1944, pour prévenir tout débarquement allié durant l'Occupation, avaient maintenant les pieds dans l'eau.

La balade touristique touchait à sa fin. Pas le temps de remonter vers les plages de Carcans, Hourtin, Montalivet et Soulac et d'aller jusqu'au Verdon pour admirer l'embouchure de la Garonne. Ils survolèrent tout de même le lac de Lacanau et sa plage du Moutchic. Le pilote émérite qu'était l'Agent Gab savait qu'ici, se trouvait, en 1917, "The Moutchic Naval Air Station 001", une base aéronavale d'hydravion de l'US Navy qui avait formé plus de 1600 pilotes.

Ils se posèrent à Mérignac à 22 h, abandonnant l'Agent Gab à la remise en conditions opérationnelles de l'Embraer, pour les prochaines missions.

L'Aston Martin fila rapidement vers le COB. La Capitaine Violette avait demandé à ce qu'on aille chercher la directrice technique des services du cadastre de la gironde, l'Inspectrice Principale Lilou, qui était en relation étroite avec tous les services d'urbanisme de la ville. Elle était experte en logiciels de plans cadastraux informatisés et connaissait le plan cadastral de Bordeaux sur le bout des doigts. Grace à son enfance passée au centre de Bordeaux, elle maîtrisait totalement chaque recoin de la ville, chaque rue, chaque cours, chaque avenue. Elle saurait vite et facilement situer ce que les Agents Hily et Nolan avaient récupéré à Barcelone, d'autant plus que les zones qui les préoccupaient étaient plutôt restreintes, les bords de Garonne.

Ils arrivèrent tous quasiment en même temps et s'installèrent dans la salle de briefing.

La Capitaine Violette installa l'Inspectrice Lilou autour de la grande table et l'Agent Nolan lui expliqua comment brancher son ordinateur pour avoir accès aux données et projeter les images sur le grand écran mural, afin que tous les participants puissent profiter instantanément de ce qu'ils allaient découvrir.

En peu de temps, la spécialiste réussit à rendre visible les fichiers du dossier "plans de villas". Sur le grand écran défilaient des plans de demeures plutôt cossues. À n'en pas douter, il s'agissait en majorité de villas de luxe, d'architectes, modernes et design, rivalisant d'espace et de volume, certaines intégrant piscines intérieures, hammams ou terrains de squash ou de padel. La plupart comportaient des toits-terrasses accessibles et emménagés. Il y avait une centaine de fichiers, de quoi faire un joli lotissement de privilégiés.

L'Inspectrice Principale Lilou ne rencontra pas non plus de problèmes pour décrypter des fichiers du dossier de "plans de masse". Il s'agissait de plans de parcelles où étaient indiquées les surfaces constructibles. Elles étaient numérotées mais ne comportaient pas d'adresse ni de nom de voies.

Ce qui surprit tout le monde, c'est que chaque terrain faisait au minimum 600 m² et jusqu'à 2 000 m² et qu'il y en avait 160. Or, dans Bordeaux, ces superficies vierges de construction n'existaient pas. Il aurait fallu raser des quartiers entiers pour bénéficier d'autant de surface.

Ils passèrent en revue tous les plans, un par un, à la recherche de quelques informations qui auraient pu les aider à en apprendre un peu plus sur leurs localisations géographiques. Ils ne trouvèrent pas la moindre indication.

Soit ces projets n'étaient pas localisés à Bordeaux, ce qui entrait en contradiction avec les noms des fichiers et avec les manigances des Nouveaux Bordelais, soit il manquait vraiment une pièce essentielle à découvrir pour résoudre l'énigme.

Ils eurent l'idée d'additionner approximativement toutes les surfaces de tous les biens qui avaient participé aux transactions découvertes le matin même pour voir s'il y avait un rapport mais le compte était bien loin d'y être.

Quant à arriver à créer une parcelle de plus de 600 m² en pleine ville, même en démolissant des constructions existantes, c'était assez difficile, alors, en créer 160, c'était impossible.

Le dossier de "plan de situation" allait certainement donner plus de renseignements, car ce type de plan devait constituer une vue d'ensemble d'un quartier où l'on pouvait voir les parcelles.

Cependant, tout comme le dossier "génie civil", celui-ci n'était pas déchiffrable par l'ordinateur de l'Inspectrice Principale Lilou. Elle expliqua à la cantonade que ce type de document ne pouvait s'ouvrir qu'avec un logiciel bien spécifique et plutôt rare, qui n'était pas installé sur son ordinateur.

Vu l'heure tardive, déjà plus de 00h30, elle proposa de revenir le lendemain en fin de matinée, avec le matériel adéquat qu'elle irait récupérer le matin à son bureau, pour finir de déchiffrer les deux derniers dossiers. Tout le monde tombait de fatigue et la proposition fut bien accueillie.

Excepté par l'Agent Hily qui restait sur sa faim. Le temps était compté, mais on ne pouvait pas demander à des civils de travailler jour et nuit. L'affaire devait se décanter dans la journée du lendemain. La présidente de la république arrivait le surlendemain et la tension devenait de plus en plus palpable d'heure en heure.

Ils se dirigèrent tous vers la mini-rame de métro qui les attendait. Le COB était bien moins fréquenté à cette heure-là, mais il restait tout de même plusieurs équipes de quelques personnes. Certains, derrière leurs écrans, surveillaient les issus du COB. D'autres scrutaient les systèmes de communication et les réseaux des autres Centres Opérationnels et des différents ministères dont celui des Armées et celui de l'Intérieur, à l'affût du moindre événement ou du moindre problème qui se présenterait. Quelques-uns aussi, en étroite liaison avec les groupes de presse ou en surveillant les mouvements inhabituels d'Internet, se tenaient en permanence informés de tout ce qui se passait sur le territoire et au-delà.

On ne dormait jamais à la DGSIE. Il fallait toujours être en capacité de pouvoir rapidement monter une cellule de crise si un événement majeur pour la sécurité du pays se produisait.

En sortant du parking de la Place de Grands Hommes, la Capitaine Violette indiqua qu'elle raccompagnait l'Inspectrice Principale Lilou à son domicile, tandis que l'Agent Nolan filait déjà sur son scooter à trois roues. L'Agent Hily, comme souvent, décida de rentrer à pied à son domicile, non sans regretter de ne plus avoir une raison valable pour faire hurler les chevaux de l'Aston Martin.

Le temps était lourd, il faisait encore 26 degrés à 1 h du matin. Un vent chaud soufflait dans les rues désertées. Seuls quelques clients, sortant de restaurants ou de cafés, se promenaient encore dans les rues. Elle arriva Place Tourny, où trônait fièrement la statue de Louis-Urbain Aubert, marquis de Tourny, l'intendant de Guyenne à Bordeaux, qui embellit les quais de la Garonne, créa le jardin public de Bordeaux en 1746 et inspira plus tard le Baron Haussman pour les travaux qu'il effectua ensuite à Paris. Elle s'engagea Rue Fondaudège, en faisant attention aux derniers trams qui circulaient encore, car elle était ailleurs. Cette histoire la contrariait. Elle se sentait impuissante à trouver une solution rapide et efficace. Rien n'était clair dans cette affaire. Tout s'emmêlait. Rien ne concordait ou n'avançait vraiment, et aucune trace des Chocolatines, ces fameux pains de C-4.

Elle sentait, au fond d'elle-même, que quelque chose allait se passer, une sorte de désagréable pressentiment l'envahissait, le calme avant la tempête. Tout comme cet air qui l'entourait, anormalement chargé de chaude humidité qui annonçait un orage. Elle pressa le pas.

Arrivée chez elle, elle s'installa sur sa terrasse et prit un carnet pour noter les différents éléments qui étaient en sa possession et essayer de les relier entre eux.

Disparition d'une grande quantité de chocolatines-C-4, explosives. Arrivée dans à peine 30 heures de la Présidente de la République Laura Lucie. Le groupe des Nouveaux Bordelais qui essayait de remporter la mairie à tout prix et qui achetait tout l'immobilier disponible dans le centre-ville proche des quais. Dans ce groupe, quarante notables, dont un était le commandant de la base où avait été subtilisées les Chocolatines-C-4 et un autre qui avait un passé trouble, M. Vanillari. Une centaine de plans de villas de luxe et 160 parcelles, à priori sur Bordeaux, en rapport avec ces quarante personnes qui s'étaient toutes rendues là où ils avaient subtilisé ces plans.

Elle relut ces quelques lignes, plusieurs fois. Elle regarda le ciel et vit les nuages noirs se déplacer rapidement sous l'action du vent tiède. Elle pouvait sentir le souffle moite sur sa nuque tandis que ses cheveux balayaient son visage. L'air était chargé d'électricité.

Soudain, un éclair fendit le ciel et éclaira tous les toits avoisinants. Au même instant, une idée tonna dans son esprit. La phrase qu'elle avait prononcée, lorsqu'on lui avait annoncé le vol des 100 kilos de C-4, lui était revenue en mémoire d'un seul coup : "100 kilos ? Quoi ? Mais on pourrait faire sauter un quartier tout entier avec ça".

Elle resta figée un instant, son cerveau travaillant à pleine et grande vitesse, pour évaluer la probabilité de cette hypothèse. Était-il possible que soit planifié de faire sauter tout un quartier ? Pour le transformer en une sorte de lotissement pour millionnaires ? Non, impossible. Elle posa son stylo. Elle ne pouvait se résoudre à accepter cette idée.

Certes, il y avait sur notre Terre des personnes prêtes à tout pour l'argent, le pouvoir, le confort mais tout de même, c'était gros. À combien pourraient s'élever les pertes humaines ? Ou comment vider un quartier de ses habitants avant une explosion ? Il y aurait des enquêtes pour déterminer les causes et savoir à qui cela profiterait.

Et quand bien même tout un quartier aurait été rasé, il aurait été nécessaire de racheter les terrains aux propriétaires pour en faire des lots tels que vus sur les plans. C'était impensable. Pourtant, elle y avait pensé. Elle restait perplexe. Elle avait bien passé au peigne fin les monuments de la ville avec le drone détecteur de C-4, mais elle n'avait pas survolé tout le centre-ville. Elle s'était seulement concentrée sur les lieux où la Présidente devait se rendre.

Les premières gouttes de pluie tombèrent et la firent sortir de ses élucubrations. Dans le doute, elle allait certainement relancer le drone en élargissant le périmètre d'exploration pour s'intéresser de plus près à M. Vanillari, la journée allait être longue. En espérant également que l'Inspectrice Principale Lilou pourrait tirer quelque chose des derniers dossiers à analyser. Elle rentra avant d'être complètement trempée. Ces orages d'été pouvaient être violents. Elle sentait bien, encore, qu'elle n'allait pas passer la meilleure nuit de sa vie, que tout risquait de se mélanger dans ses rêves.

Elle se vautra littéralement dans son canapé, accompagnée d'une plaque de chocolat. Elle alluma la télévision et se cala sur TV 7, la chaîne d'information locale du groupe Sud-ouest. Le reportage en cours portait sur la Base Sous-Marine des bassins à flot. Elle apprit que cette base avait été construite, sous ordre allemand, par 6 500 travailleurs, dont un tiers étaient des prisonniers républicains espagnols. Terminée en 1943, après 19 mois de travaux, elle put accueillir, pendant une année, jusqu'à la fin de la guerre, quinze grands sous-marins italiens et allemands, avec ses 11 bassins, ses 45 000 m² de superficie, son toit de 9 m d'épaisseur et ses 600 000 m³ de béton utilisé. Mais depuis l'année 2020, la moitié de l'ancienne base avait été réhabilitée et rebaptisée "Bassins des Lumières". Elle se présentait désormais comme le centre d'art numérique le plus grand au monde dans lequel on pouvait assister à des expositions numériques qui épousaient l'architecture monumentale de la Base Sous-Marine et se reflétaient dans l'eau de quatre immenses bassins de 110 m de long.

L'Agent Hily commençait à somnoler quand le reportage suivant sur les différentes fêtes de Bordeaux commença. On y parlait de la fête du vin où on buvait du vin en regardant le fleuve. Mais aussi de la fête du fleuve où on regardait le fleuve et ses magnifiques voiliers, en buvant du vin. Sans parler de la fête de la gastronomie, de la fête de la Morue, de la fête de la Lamproie, de la fête de l'Huître, de la fête de l'Agneau de Pauillac, de la fête du Bœuf de Bazas où l'on mangeait en buvant du vin. On fêtait beaucoup de choses à Bordeaux, tant que cela avait un rapport avec le bon vivre et le vin.

Quand elle eut raison des cent grammes de chocolat, elle éteignit la télévision et se dirigea vers sa chambre, plutôt que d'engloutir une seconde plaque à laquelle elle se voyait déjà succomber. Elle sombra dans un sommeil profond.

J - 1

Ce ne fut pas un bip-bip strident qui déchira le silence du petit matin, mais plutôt la chanson "I got you babe", de Sonny & Cher, qui tira doucement l'Agent Hily de son sommeil, quand son réveil passa de 5h59 à 6h00. Un jour sans fin s'annonçait.

Après son jus d'orange pressé, sa main se dirigea de façon instinctive vers la corbeille de kiwis. Mais finalement, elle retint son geste. Comme cela s'était produit quelques années auparavant avec ces mêmes kiwis, et même avec les concombres, elle considéra que le moment était venu de marquer un arrêt provisoire dans leur consommation quotidienne.

Probablement qu'à force d'en ingurgiter tous les matins, elle commençait à sentir, au fond d'elle-même, un léger dégoût se profiler. Ou peut-être que l'abus de chocolat de la veille avait modifié sa perception du goût, mais ce qui était sûr c'est qu'elle n'avait plus envie de manger de kiwi.

Elle décida donc que c'était un bon jour pour commencer un kiwi break, mais aussi parce qu'elle ne voulait pas perdre trop de temps à petit-déjeuner. Sa douche ne dura que deux minutes et le reste de sa toilette matinale ne lui fit pas perdre bien plus de temps. Elle s'habilla en un éclair. Elle voulait partir au plus tôt.

Le rendez-vous pour continuer les analyses des dossiers barcelonais avait été donné pour 11 h, le temps que l'Inspectrice Principale Lilou se procure les bons logiciels pour exploiter les informations qui allaient sûrement les éclairer.

Si elle s'était réveillée tôt, c'était pour passer au COB récupérer le drone détecteur de C-4 et se lancer dans un survol des quartiers de Bordeaux proches de la Garonne, en attendant 11 h, le temps était compté.

A 6h20, elle était déjà dehors. Les nuages s'étaient dissipés et la pluie avait cessé. Le soleil se levait timidement et commençait à éclairer les immeubles ravalés, faits de pierres bordelaises, de couleur claire, cette teinte douce, beige presque blanche, même lumineuse, à la fois inerte et chaleureuse, robuste et fragile. L'aube était un moment poétique à Bordeaux.

Mais elle avait bien d'autres choses à faire que d'admirer la splendeur de sa ville. Pour ne pas perdre de temps, elle sauta sur son skate-board électrique, un longboard rapide et maniable, sa petite Tesla à elle comme elle l'appelait.

Elle slalomait dans les rues encore quasi-désertes, à 6 h, Bordeaux ne s'éveillait pas encore tout à fait.

Alors qu'elle arrivait à une centaine de mètres du haut de la rue Judaïque, elle posa son doigt sur le petit bouton rouge de la télécommande de son skate, celui qui devait normalement actionner le frein. Mais avec sa très bonne maîtrise des sports de glisse, elle ne freinait jamais. Elle avait donc configuré ce bouton pour qu'il actionne, à distance, l'ouverture de l'entrée/sortie numéro 4 du COB après le parking des Grands Hommes, le COBascenseur et la boutique Repetto. Quatrième et dernier accès possible connu.

Dernier accès possible "connu", car toutefois, une légende interne avait circulé sur un hypothétique cinquième accès. Enfin, plutôt une issue de secours, connue seulement de la haute-hiérarchie, et qui se dévoilerait si un jour le site était compromis et devait s'autodétruire. À ce moment, il faudrait sans doute procéder à une évacuation massive et rapide. Certains bruits couraient sur un éventuel lâcher d'une grande quantité d'eau dans le COB qui s'évacuerait via un énorme conduit dissimulé derrière une des parois du hall, emportant avec lui tous les membres du COB, dans une énorme vague salvatrice, vers un endroit plus sûr. Certainement vers la surface, mais par un procédé inconnu. Peut-être une sorte d'énorme chasse d'eau, qui par compression, ferait tout remonter à l'extérieur.

C'est pourquoi personne ne s'étonnait que tous les gros mobiliers soient fixés au sol, pour ne pas partir avec les agents et les blesser. La Capitaine Violette avait formellement démenti cette rumeur et avait demandé à ce que le sujet ne soit plus abordé. La consigne avait été appliquée et on n'en parlait presque plus.

Cependant, les Agents n'étaient pas dupes, mais respectaient les consignes à la lettre et personne ne demandait plus pourquoi il y avait des gilets de sauvetage accrochés sous les fauteuils de bureau. L'Agent Hily gardait une planche de surf accrochée à un mur de son bureau, on ne savait jamais.

Elle se trouvait au milieu de la route, lancée à plus de 20 kilomètres heures sur sa planche, à quelques pas de la Place Gambetta. Personne ne se trouvait dans son champ de vision et les caméras de surveillance de la ville étaient bien évidemment toujours désactivées dans cette rue.

Dès qu'elle pressa le petit bouton rouge, le quatrième accès s'ouvrit quelques mètres devant elle. Une plaque de bitume se souleva, une vraie trappe hydraulique au milieu de la chaussée, on aurait dit qu'une bouche s'ouvrait, prête à l'avaler, dévoilant un plan incliné en métal et un escalier qui le longeait. Elle s'engouffra dans l'ouverture et la plaque se referma en un instant.

Il s'agissait de l'entrée pour les diverses marchandises dont le COB avait besoin. D'habitude, un camion ravitailleur, spécialement conçu pour cet accès, stationnait quelques courts instants à cet endroit lors de livraisons. Une partie de sa remorque était creuse et vide et l'autre était pleine de caisses à destination du COB. La plaque de bitume s'ouvrait alors dans l'espace creux de la remorque et on pouvait faire glisser les colis sur le plan incliné pour qu'ils arrivent rapidement au COB. Personne ne voyait rien et c'était bien le but.

Quand la trappe était fermée, on aurait dit une grande plaque d'égout bitumée, personne n'avait jamais eu l'idée de se demander ce qui pouvait bien se trouver en dessous.

L'Agent Hily glissait sur le sol métallique en pente douce. A mesure qu'elle avançait, le tunnel s'éclairait devant elle et s'éteignait derrière elle. Au bout de quelques secondes, la pente s'adoucit. Elle continua sa trajectoire, comme beaucoup de paquets avant elle, pour arriver dans une salle-entrepôt dont les parois étaient tapissées d'étagères sur lesquelles s'entassaient des caisses et des cartons de toutes tailles et de toutes formes. Elle fit déraper son skate pour s'arrêter et sortit de cette pièce pour pénétrer dans le grand hall du COB et rejoindre le bureau labo de l'Agent Taïssia.

La mallette du drone était toujours là, elle s'en empara. Elle prit aussi le 9 mm Glock-17 qui se trouvait sur la même table, et découvrit qu'il pouvait être agrémenté d'un silencieux, puisqu'un petit cylindre à visser, de la même couleur argent, se trouvait tout à côté. Elle le prit aussi.

Puisque l'Agent Taïssia n'était pas encore arrivée, elle en profita pour voir si elle ne trouverait pas quelque chose d'intéressant parmi tout ce qui traînait sur les tables et établis. En regardant autour d'elle, son regard tomba sur un tube de rouge à lèvres Chanel posé sur un papier sur lequel était écrit : "Pulvérisateur de gaz paralysant, attention, ouvrez simplement le tube et le gaz se répandra directement, ne pas ouvrir trop près de soi. Possible utilisation conventionnelle : Teinte Rouge Coco Flash Crush 142 en appuyant préalablement sur le double C entrelacé pour éviter que le gaz ne s'échappe".

Elle griffonna un "Merci Tata" sur la feuille mode d'emploi et fit glisser le tube noir brillant dans sa poche.

Sa grand-mère et sa mère étaient des inconditionnelles de la marque Chanel et tout naturellement, elle ne dérogeait pas à la règle. Elle en possédait déjà quelques-uns, mais aucun qui pouvait se transformer en arme défensive.

Elle sortit du COB par le COBascenseur et s'élança sur son skate, valisette à la main, en direction du marché des Capucins où M. Vanillari possédait un immeuble. Elle avait la ferme intention de passer le quartier au peigne fin du détecteur de Chocolatines-C-4. Si M. Vanillari était bien mêlé de très près à toute cette histoire, comme elle le soupçonnait, les explosifs pouvaient se trouver chez cet individu qui pour l'instant avait réussi à passer entre les mailles de la justice.

Depuis la place de la Victoire, elle descendit le cours de la Marne en direction de l'ancienne Gare du Midi datant de 1855, devenue, après agrandissement, la Gare Bordeaux-Saint-Jean en 1898.

Elle passa devant un nombre impressionnant de salons de coiffure afro ainsi que de vendeurs de kebabs de ce quartier populaire d'habitude très animé. Tous étaient encore fermés, les stores en fer recouverts de graphes et de tags étaient baissés et les balayeuses et les camions bennes à ordures s'affairaient pour effacer les traces de la soirée de la veille laissées par ceux qui sortaient du Café Pop, du Plana, du Bodegon, du Café Auguste, ou d'autres bars de la Victoire pour se restaurer avant de finir la soirée, il y avait de quoi faire pour rendre au cours de la Marne un aspect convenable.

Quand elle prit à gauche pour entrer vers le marché, l'ambiance changea. Il était juste 7 h, mais ce marché, surnommé "le ventre de Bordeaux", était déjà en pleine effervescence. Et dire que les premières fois que ce marché se tint, ce fut à partir de 1797 pour une vente de bétails hebdomadaire et qu'il fallut attendre 1878 pour qu'il devienne couvert et se tourne vers l'alimentaire.

Les camions de livraison déversaient leur contenu sur les stands qui se vidaient aussitôt. Les vendeuses de fruits et légumes criaient à la plus belle promotion. Les poissonnières vantaient la fraîcheur de leurs limandes. Certains restaurants du marché ouvraient pour commencer à préparer le petit-déjeuner. Quelques clochards guettaient les fruits trop mûrs qui étaient abandonnés. Une vraie fourmilière.

Elle localisa l'immeuble que le système informatique lui avait révélé comme étant une des propriétés de M. Vanillari. Le bâtiment, sur trois niveaux, donnait directement sur la place des Capucins et au rez-de-chaussée se trouvait le "Bar du Mascaret", fermé depuis quelques mois.

Elle sourit, car le Mascaret, elle connaissait bien, elle l'avait surfé en gironde. Elle avait toujours été fascinée par ce phénomène : la marée montante, qui remontait sur la Garonne ou sur la Dordogne, était contrée par les flots des fleuves. Ceci provoquait une série de bourrelets qui pouvaient atteindre deux mètres de hauteur. La dizaine de vagues, séparées d'une dizaine de mètres, avançaient à une vitesse de 15 à 30 km/h et étaient toujours prises d'assaut par tout type de surfeurs.

L'Agent Hily entra dans le marché et monta au parking du premier étage. Elle posa son skate et s'assit entre deux voitures qui semblaient garées là depuis une éternité au regard de l'épaisse couche de poussière qui les enveloppait. Elle ne devait pas être dérangée et l'endroit était parfait, au centre de la place. Elle fit sortir le drone par une ouverture de ventilation et l'envoya assez haut dans le ciel pour qu'il ne soit pas facilement détectable à l'œil nu. L'engin s'éleva discrètement et sur l'écran du Byphone 22, relié à la caméra du drone, on voyait bien que personne ne faisait attention à ce qui se passait dans le ciel.

Elle pilota le drone pour le placer juste au-dessus de l'immeuble mais le détecteur ne broncha pas. Elle le fit descendre à quelques mètres à peine des tuiles et l'aiguille du détecteur eut un très léger sursaut, à peine perceptible, à 0,5 %, puis se repositionna sur le 0 %. L'Agent Hily, qui fixait intensément le Byphone, avait repéré ce timide frémissement de l'aiguille. Pour elle, ça ne pouvait pas être un hasard. Bien que la rue fut un peu trop animée à son goût, elle décida tout de même de faire descendre le drone le long de la façade pour savoir, si oui ou non, le détecteur avait bien trouvé quelque chose ou s'il s'était juste agi d'une interférence quelconque.

Elle dirigea le drone du toit vers la rue et le fit descendre doucement, caméra et détecteur orientés vers la façade. Quand le drone arriva au niveau du rez-de-chaussée, en face de la devanture close du "Bar du Mascaret", l'aiguille monta vers 4 %. Il n'y avait plus de doute. Il y avait des traces de C-4 dans ce bâtiment. Certes, l'aiguille n'était pas montée à 100 %, ce qui aurait indiqué la présence effective de cet explosif mais 4 %, c'était un indice qui exprimait clairement que M. Vanillari était bien mêlé à la disparition des Chocolatines-C-4.

L'Agent Hily rappela le drone auprès d'elle et se dirigea vers la sortie. Ignorant les règles élémentaires de sécurité qui dictaient à un agent de ne pas tenter une opération potentiellement dangereuse sans l'appui d'un collègue, elle se dirigea vers le Bar du Mascaret avec la furieuse envie d'en savoir davantage.

Le temps pressait, elle ne pouvait pas attendre. Elle traversa la route qui séparait le marché de la porte d'entrée de l'immeuble de M. Vanillari qui jouxtait le rideau du fer du bar. Elle frappa plusieurs coups mais n'obtint aucune réponse.

Vu la serrure, de simples aiguilles à cheveux ne suffiraient pas à en venir à bout. L'Agent Hily était pressée, pas le temps de faire dans la dentelle. Elle sortit discrètement son 9 mm, y vissa le silencieux prémonitoirement récupéré et le plaqua sur la serrure. Avec un bout de tissu ramassé sur une poubelle à côté de la porte, elle entoura le bout du revolver qui touchait la porte, afin que les morceaux de métal qui pourraient être projetés ne puissent atteindre sa main.

Elle regarda à gauche et à droite mais personne ne prêtait attention à ce qu'elle faisait devant cette porte. Elle tira. La serrure éclata vers l'intérieur, laissant un trou de quelques centimètres de diamètre en lieu et place du barillet. Si le silencieux monté sur le 9 mm avait été efficace pour atténuer grandement le bruit du coup de feu, le son métallique de la serrure explosant avait été moins discret. Cependant, entre les bruits des camions et le brouhaha qui s'échappait du marché, c'était passé inaperçu.

Elle poussa la porte qui ne résistait plus et entra. Un long couloir amenait vers une porte qui devait donner sur le fond du bistrot et un escalier desservait les étages. Arme au poing, elle inspecta les deux niveaux supérieurs qui abritaient des petites chambres, deux salles de bains et une kitchenette, sans doute dédiées au personnel. Tout était vide.

L'endroit n'était plus habité, sans doute depuis la fermeture du bar. D'ailleurs, l'Agent Hily se demanda comment un établissement, dans ce quartier, pouvait bien rester fermé. Il y avait toujours du monde ici et c'était souvent une bonne affaire que d'avoir un commerce devant le marché des Capucins.

Elle redescendit et entra dans le bar par le fond, vide lui aussi. Les tables et les chaises avaient été poussées contre les murs et au milieu de la pièce, proche de la baie vitrée et de son rideau métallique qui servait de devanture, un espace anormalement vide, avec au sol, des traces rectilignes dans la poussière, allant jusqu'à la partie ouvrante de la baie. Cela pouvait faire penser à des traces de roulettes d'un chariot ou d'un transpalette. Il semblait bien qu'on avait stocké quelque chose ici, qui n'y était plus.

Elle ouvrit sa mallette et réactiva le détecteur du drone. Il monta à 10 %. Ça ne faisait plus aucun doute, les Chocolatines-C-4 avaient transité par ce lieu, mais malheureusement, maintenant, il n'y avait plus rien. Elle remarqua, un peu trop tard, une caméra de surveillance à détecteur de mouvements qui filmait la salle du bar. Elle semblait en bon état de fonctionnement puisqu'elle bougeait pour la suivre dans ses déplacements.

« Merde », s'écria-t-elle.

Elle était sans doute grillée. Vanillari savait ou n'allait pas tarder à savoir qu'il était surveillé ou qu'on le cherchait. Quand quelqu'un entrait chez vous, par effraction, avec un revolver à la main, et que vous avez quelque chose à vous reprocher, il y avait des chances que vous restiez caché ou le plus discret possible.

"Trouver Vanillari, retrouver les Chocolatines-C-4", cette phrase résonnait dans la tête de l'Agent Hily, jusqu'à lui faire mal dans les tempes. Les 100 kg d'explosifs, utilisés à mauvais escient, pouvaient tuer un nombre incalculable de personnes ou provoquer la destruction totale d'une surface énorme.

Pour elle, il était inconcevable que quelqu'un puisse être si mal intentionné, mais elle devait se rendre à l'évidence, le monde était devenu fou et certaines personnes étaient complètement déséquilibrées au point de commettre des atrocités au nom du pouvoir, de l'argent, de Dieu ou de n'importe quoi, voire de rien du tout.

Elle pensa aux guerres en cours, aux nombreux attentats de ces dernières années, aux centaines de crimes qui avaient lieu chaque jour dans le monde, sans compter sur l'esclavage qui finalement existait toujours ou le trafic d'êtres humains et d'enfants. Oui, le monde était fou et Bordeaux n'était plus épargné. Une larme coula sur sa joue, mais elle la balaya d'un revers de manche. Ce n'était pas le moment de s'apitoyer ou de déprimer. Sa ville et ses habitants étaient en danger, elle devait agir, vite.

Elle sortit dans la rue et sans se préoccuper des passants, elle fit décoller le drone. Elle monta sur son skate-board et se mit en route. Elle avait décidé de refaire le parcours qu'elle avait fait la veille, celui par lequel passerait la Présidente le lendemain. Les Chocolatines-C-4 avaient pu y être déposées entre temps. Ça ne coûtait rien, si ce n'était de faire quelques détours avant de rentrer au COB pour partager les indices qu'elle avait trouvés et qui confirmaient l'implication de Vanillari.

Ce n'était plus du sang qui coulait dans ses veines, mais un mélange d'adrénaline et de colère, et ce cocktail la boostait. Elle était plus que déterminée à résoudre cette énigme qui transformait, doucement mais sûrement, sa pondération naturelle d'Agent du DGSIE, en fureur et en haine.

Elle dévalait les rues sur son skate-board, un œil sur le compteur du détecteur sur le Byphone 22, l'autre sur la route. Elle fit repasser le drone au-dessus de tous les lieux qui seraient visités puis elle élargit son champ d'action en empruntant toutes les avenues de Bordeaux Centre qui donnaient sur la Garonne en envoyant le drone au-dessus des immeubles de part et d'autre de ces grandes artères.

Elle passa aussi les quais de Bordeaux rive gauche au peigne fin, cet endroit qui avait tant évolué. Sur ces quais, il n'y avait plus de négociants et de marchands anglais, italiens, espagnols, hollandais, allemands ou scandinaves, à la recherche de vin et autres marchandises des années 1500.

Sur ces quais, il n'y avait plus de marins bordelais, bretons, normands ou basques qui exécutaient les basses besognes au service des riches armateurs français et étrangers des années 1700.

Sur ces quais, il n'y avait plus de navires négriers qui faisaient du commerce triangulaire en partant du port de la Lune avec des denrées alimentaires, du vin et des produits manufacturés, en récupérant des esclaves en Afrique pour les déposer dans les colonies françaises en Amérique, et revenant avec du café, du cacao, du sucre pour les distribuer dans toute l'Europe dans les années 1750.

Sur ces quais, il n'y avait plus les gabarres des années 1890, ces véritables "camions" du fleuve, avec leurs mâts repliables pour passer sous les arches du Pont de Pierre, qui assuraient la liaison avec les navires chargés de productions agricoles, arrivant du Sud Gironde ou de l'Agenais, amarrés au milieu de la rade.

Sur ces quais, il n'y avait plus de rives en pente douce.

Sur ces quais, il n'y avait plus les hangars en béton des années 1920 qui abritaient l'effervescence du port marchand.

Sur ces quais, il n'y avait plus les immenses grues et les dockers, les centaines de barriques alignées et les cargos en partance des années 1950.

Sur ces quais, il n'y avait plus de no man's land où les trafics illicites rendaient l'endroit peu fréquentable dans les années 1980.

Mais il y avait toujours ces magnifiques façades du XVIIIe siècle, splendidement ravalées et il y avait bien un tramway flambant neuf, semblant narguer son ancêtre, lui aussi électrique, datant de 1893, celui que Jacques Chaban-Delmas avait fait désinstaller en 1958, le jugeant trop obsolète.

En moins de deux heures, l'Agent Hily avait sillonné toutes les rues du centre de Bordeaux rive gauche, qui se trouvaient entre zéro et deux kilomètres des quais de Garonne mais le compteur était resté imperturbablement sur 0 %.

Les chocolatines C-4 ne se trouvaient pas là, enfin, pas dans cette partie de la ville. De toutes façons, on ne pouvait plus rien attendre de la batterie du drone, ni même des deux batteries de rechange qui se trouvaient dans la mallette et qu'elle avait déjà vidées. Les recherches motivées de l'Agent Hily en avait eu raison.

Il était maintenant 11 heures, l'Inspectrice Lilou ne devrait pas tarder à rejoindre le COB pour déchiffrer les dossiers qui étaient restés muets la veille.

Elle devait donc se rendre là-bas, pour essayer de comprendre un peu plus ce qui se tramait. Ensuite, elle pourrait essayer de mettre la main sur Vanillari, ce qu'elle comptait bien faire avant que la Présidente de la République ne puisse devenir une cible potentielle par sa présence sur Bordeaux le lendemain.

L'Agent Hily ne pouvait plus rentrer au COB par l'entrée/sortie numéro 4 qu'elle avait empruntée le matin même. À cette heure-ci, la rue Judaïque ne serait plus déserte, il ne fallait surtout pas compromettre cette entrée, ni aucune autre.

Son choix se porta sur le Parking de la Place des Grands Hommes, sans doute le plus discret. On pouvait très bien entrer dans un parking en skateboard en faisant mine d'aller récupérer sa voiture.

Elle se présenta à l'entrée du parking. Il était temps, la batterie du skate-board elle aussi était déjà passée dans le rouge depuis plus de dix minutes et s'épuisa totalement. Elle descendit en roues libres jusqu'au fond du parking, attendit que le faisceau lumineux la scanna et entra dans le garage du COB pour prendre le monte-charge-métro.

Elle déposa le skate-board et la mallette du drone sur le grand comptoir de l'accueil. L'Agent Louna leva les yeux au ciel. L'Agent Hily lui souhaita le bonjour et la pria de mettre tout cela à charger, sans faire cas de ses soupirs.

Certes, cette femme était à l'accueil mais temporairement. Elle occupait pour quelques mois cette position stratégique qui faisait d'elle la seule personne du COB à savoir où se trouvaient les agents, en mission ou en repos, à l'étranger ou en France, et savait contacter n'importe qui, n'importe quand et n'importe où. Totalement indispensable. En plus d'être Agent, elle était aussi une sportive de haut niveau. Elle se trouvait à ce poste "administratif", car elle était en convalescence suite à une blessure au genou. Alors qu'elle disputait la finale de la coupe du monde de football féminin, une Brésilienne énervée lui avait marché violemment sur le genou alors qu'elle allait marquer son troisième but de la rencontre. À ce poste, elle avait toute la confiance de tous les Agents du COB et de toute la hiérarchie et déplorait qu'on lui confie des tâches si peu gratifiantes, comme de recharger des batteries, que les Agents pouvaient réaliser eux-mêmes.

L'Agent Louna, d'une voie monocorde blasée, comme à son habitude, lui expliqua : « D'accord, je vais contacter toutes les centrales nucléaires d'Europe pour savoir si je peux répondre à votre demande ».

L'Agent Hily lui sourit et lui répondit : « Je suis sûre que vous allez y arriver ».

Sans sourciller, et sur un ton encore plus monotone et légèrement sarcastique, elle répliqua : « Dans la négative, je contacterai le Laser Mégajoule du Barp pour savoir s'ils peuvent faire converger leurs 176 faisceaux vers le centre de la sphère de 140 tonnes et de 10 mètres de diamètre en passant à travers les 4320 plaques de verres, pour produire de l'énergie par fusion par confinement inertiel à allumage rapide, et non par confinement magnétique, durant quelques nanosecondes pendant qu'un laser picoseconde supplémentaire, le Petal, pour Pétawatt Aquitaine Laser, allumera la réaction de fusion en générant l'impulsion nécessaire, tout cela pour recharger vos appareils. Ça vous va ? ».

L'Agent Hily, habituée à cet humour assez spécial, ne se laissa pas impressionner et rétorqua : « Merci, je savais que je pouvais compter sur vous ».

En arrivant en salle de briefing, elle fut soulagée de constater que l'Inspectrice Principale du Cadastre, Lilou était déjà présente, en train de connecter son ordinateur.

Mademoiselle Andréa, la Présidente de la Chambre des notaires de la Gironde avait aussi été appelée. De par leurs professions, elles s'étaient rencontrées à maintes reprises, se connaissaient très bien, s'appréciaient l'une l'autre et s'entendaient à merveille, comme si elles avaient été camarades de classe.

On avait là la cheffe du cadastre de la Gironde, créatrice et gardienne des plans cadastraux, et la cheffe des notaires, gardienne des transactions sur ces mêmes plans cadastraux, deux vraies spécialistes du sujet.

La Capitaine Violette et l'Agent Nolan étaient aussi présents, impatients, comme toute l'assemblée, de découvrir quelles informations pouvaient bien contenir ces fameux dossiers. Ils se saluèrent rapidement.

L'Agent Hily fit rapidement part de sa découverte à la Capitaine Violette qui blêmit en un instant. Les chocolatines C-4 ne s'étaient pas volatilisées, elles avaient transité dans un local de Vanillari qui faisait partie du groupe des Nouveaux Bordelais, tout comme le Colonel De La Froisse. Tout semblait être lié. De La Froisse était sans aucun doute mêlé à la disparition des Chocolatines-C-4 de la base aérienne 106 et Vanillari les avait stockées. Elle devait comprendre à quoi cela allait bien servir et où pouvait-elle en retrouver la trace.

La Capitaine Violette lui donna carte blanche pour faire avancer ses recherches côté Vanillari, cependant, côté De La Froisse, il fallait jouer plus serré, c'était un haut fonctionnaire, militaire de surcroît, elle allait devoir user de tact et diplomatie. Hors de question de l'arrêter et de l'interroger sans preuve.

Ils se concentrèrent tous sur le grand écran où l'on pouvait observer la barre de progression qui avançait doucement sous le titre "Plan de situation".

Quand les plans apparurent, ils se rapprochèrent tous les cinq de l'écran. On pouvait observer huit rectangles dont les côtes indiquaient 250 mètres par 100 mètres. Chaque rectangle était divisé en 20 parcelles de 600 à 2 000 m², soit 160 terrains et on pouvait voir des implantations de bâtiments sur une centaine de parcelles. Il s'agissait donc, à n'en pas douter, des maisons découvertes la veille dans le dossier "Plans de Villas", les chiffres correspondaient.

Cent plans de villas et cent parcelles occupées sur cent-soixante, ça collait.

Cependant, on voyait bien les emprises au sol des bâtiments, les délimitations de chaque terrain par rapport aux autres, les orientations par rapport au nord, mais les plans s'arrêtaient au contour des grands rectangles. On ne voyait pas les rues qui auraient donné une indication sur le quartier, elles n'étaient pas représentées. On ne voyait pas non plus les autres terrains qui devaient jouxter ces grandes surfaces, seulement de grandes surfaces divisées en parcelles.

Ça aurait pu être n'importe où. Il manquait des informations qui devaient logiquement figurer sur ce type de plans et permettre une localisation sûre. Sans ces informations, ni l'Inspectrice Principale Lilou, ni Mademoiselle Andréa ne pouvaient se prononcer sur quoi que ce soit, encore moins sur le lieu où ce projet allait être réalisé.

Par contre, l'Inspectrice Principale Lilou et Mademoiselle Andréa indiquèrent que le dossier "Génie Civil" pouvait peut-être apporter quelques réponses. Elles expliquèrent que, par "Génie Civil", on entendait "conception des infrastructures", comme les routes, les ponts, les tunnels et les gros aménagements de voiries. En toute logique, en accédant à ce dossier, on devrait arriver à y voir un peu plus clair dans cette affaire.

Pendant que l'Inspectrice Principale Lilou fermait le dossier qu'ils venaient de découvrir, l'Agent Hily demanda ce qu'était la boîte blanche en carton qui se trouvait au milieu de la table. La Capitaine Violette répondit en souriant : « Quelque chose qu'une gourmande comme toi va aimer ! ».

L'Agent Hily ouvrit la boîte et découvrit des puits d'amour, ces petites pâtisseries de Captieux, à base de pâte à choux, garnies de crème pâtissière et de meringue italienne, caramélisées au four. Elle ne se fit pas prier et s'en enfourna deux à la suite dans la bouche.

L'Inspectrice Lilou chargea le dossier Génie Civil mais celui-ci refusa de s'ouvrir. Sur le grand écran, on pouvait seulement lire "Tama alrafd".

Le logiciel de l'Inspectrice Lilou était bien celui qui semblait convenir pour ouvrir ce type de dossier mais cela ne fonctionnait pas et elle ne comprenait pas ce message.

L'Agent Hily expliqua : « C'est de l'arabe, mais en écriture latine. Si je ne me trompe pas, ça veut dire : accès refusé, tout simplement ».

Ils se regardèrent tous, surpris. Que le fichier soit protégé ou crypté, d'accord, mais pourquoi le message était-il en arabe ? Tous les dossiers récupérés à Barcelone étaient en français avec des notes en espagnol, pourquoi celui-ci serait-il en arabe ?

L'Agent Nolan connecta son ordinateur, qui le suivait en permanence, au serveur du COB. Il lança un scan du dossier avec un de ses outils magique de hacker. Il ne pouvait pas déchiffrer le contenu, il avait déjà essayé, mais il pourrait sans doute en savoir un peu plus sur les propriétés intrinsèques des fichiers du dossier. A peine quelques secondes plus tard, il annonça fièrement : « Il s'agit de fichiers qui ont été créés il y a moins d'une année, certains ont été modifiés très récemment ».

Au fur et à mesure que son scan avançait, il distillait les informations à l'équipe. Il expliqua que le logiciel avec lequel l'Inspectrice Principale Lilou essayait d'ouvrir le dossier était bien le bon, mais que les fichiers étaient protégés et que, contrairement à ce qu'il voyait d'habitude, un très haut niveau de cryptage avait été utilisé. Il parvint tout de même à déterminer le pays où ces fichiers avaient été créés. L'Agent Nolan annonça triomphalement : « Dubaï, ces fichiers ont été créés, et maintes fois modifiés à Dubaï, et c'est pour cela qu'ils sont pratiquement inviolables ».

Ils comprirent tous instantanément pourquoi le message d'accès refusé était en arabe mais pour ce qui était de l'inviolabilité des fichiers, ils restèrent perplexes. L'Agent Nolan expliqua que les Émirats Arabes Unis utilisaient une sécurité informatique bien plus avancée qu'ailleurs. Dubaï était un émirat bien connu pour se protéger de tout et garder ses secrets. Les enjeux étaient colossaux et ils devaient se protéger des diverses attaques possibles, que ce soit de l'espionnage industriel autour des nouvelles technologies, de l'espionnage commercial autour du tourisme de luxe ou des détournements financiers puisque cet endroit était un des nouveaux plus grands carrefours d'échanges de devises du monde, une vraie plaque tournante financière.

Ils avaient des moyens et des budgets quasi illimités qu'ils étaient prêts à engager pour protéger leur passé, leur présent, leur avenir et surtout leur

131

pouvoir. Comme d'habitude, l'Agent Nolan déploya tous les moyens légaux et illégaux pour récupérer la puissance de calcul nécessaire afin de décrypter le dossier, mais il prévint tout le monde que cela durerait plusieurs heures, voire plusieurs jours.

L'Agent Hily, tout comme la Capitaine Violette, bouillait intérieurement.

Au fur et à mesure que l'enquête avançait, des indices étaient découverts, mais ils apportaient plus de brouillard que de clarté. Qu'est-ce que Dubaï pouvait bien venir faire dans cette histoire ? Pourquoi ce dossier de Génie Civil avait-il été créé dans cette ville, quelle entreprise avait travaillé dessus ? Pourquoi faire appel à une entité, si loin, alors qu'en France, le Génie Civil, on connaissait bien et on était plutôt très fort ?

Que le cabinet d'architecte qui avait fait les plans des maisons et des terrains se trouve à Barcelone se comprenait. Proche de la France tout en étant à l'étranger, pour la discrétion que les Nouveaux Bordelais voulaient sans doute préserver, ça tombait sous le sens, mais Dubaï, à 5500 kilomètres, c'était à n'y comprendre rien.

Quelle spécialité pouvait-on trouver là-bas qu'on ne puisse trouver en France ?

Les plans ne montraient pas de gratte-ciels futuristes ou de complexes hôteliers démesurés alors quelle spécialité existait à Dubaï qu'on ne puisse trouver ailleurs ?

Ils devaient donc attendre que ce dossier livre ses secrets, grâce aux compétences de l'Agent Nolan, en espérant que cela se fasse rapidement.

L'Agent Hily savait que le temps ne jouait pas en leur faveur, à J-1 avant que Bordeaux ne devienne une zone ultra sensible à cause d'une Présidente de la République de passage.

La Capitaine Violette avait bien contacté l'Élysée pour leur soumettre l'idée de reporter cette visite officielle mais la Présidente de la République ne comptait pas se laisser dicter ses choix et son emploi du temps par des risques non totalement avérés. Quand elle avait évoqué le risque d'un attentat terroriste, on lui avait répondu : « Les terroristes, nous devons les terroriser ». Ces gens-là vivaient dans un autre monde, n'avaient pas conscience des risques, et encore moins de ce qu'ils obligeaient la DGSIE à mettre en œuvre pour les protéger.

Quoi qu'il en fût, l'Agent Hily n'allait pas attendre sans rien faire. Elle devait trouver Vanillari. Interroger le Colonel De La Froisse était aussi dans ces objectifs. Si Vanillari était bien mêlé au vol des Chocolatines-C-4, ce qui ne faisait plus aucun doute depuis les découvertes du matin, alors, elle était quasi certaine que le Colonel De La Froisse lui aussi était partie prenante dans cette histoire et qu'il était certainement celui qui avait participé à faire sortir les Chocolatines-C-4 de la base aérienne.

Elle n'avait aucune preuve tangible pour pouvoir interroger officiellement le Colonel De La Froisse et comme le lui avait fait remarquer la Capitaine Violette, avec son statut de Commandant de la Base Aérienne 106, il allait être difficile de trouver un juge pour délivrer un mandat pour le mettre en garde à vue et essayer de le faire avouer.

Pour Vanillari, c'était autre chose. Même si les preuves qu'elle avait trouvées le matin au "Bar du Mascaret" étaient difficilement recevables, elles étaient accablantes. Et vu le passé judiciaire de l'individu, ça collait plutôt bien. Seulement, le temps de saisir la justice serait bien trop long.

La Capitaine Violette demanda par téléphone à l'Agent Louna de mettre le BRI, le Bureau des Recherches d'Individus, sur les traces de Vanillari afin de le localiser, mais elle avait peu d'espoir. L'homme se savait sans doute recherché, à cause de la caméra dans le bar, et il allait être difficile de le retrouver avant le lendemain.

Elle demanda aussi à ce que le Colonel de La Froisse soit localisé, afin de pouvoir rapidement le retrouver et l'interroger, si des preuves tangibles venaient à apparaître.

Encore une fois, l'Agent Hily ne devait compter que sur elle-même et passer légèrement outre la loi pour faire avancer son enquête.

Elle reprit la liste des diverses propriétés de Vanillari. Comme il n'était fait mention d'aucune résidence principale, elle expurgea tous les commerces en activité ou les lieux qui ne pouvaient pas servir d'habitation. Il ne restait que l'appartement au-dessus du bar, qu'elle avait déjà visité. Déçue, elle se pencha tout de même sur les autres biens et trouva quelque chose qui l'interpella.

Vanillari avait récemment pris en location un immense entrepôt, dans le quartier des Chartrons, cours du Médoc. Cet entrepôt était situé pratiquement en face de la Galerie Tatry. L'ancien chai datant de 1880 et réhabilité en espace commercial où l'Agent Hily venait dans son enfance, l'hiver, faire du surf sur la vague statique du Wave Surf Café. Cet entrepôt qu'il louait était immense, une façade de 150 mètres mais une profondeur de plus de 300 mètres.

Avant cela, c'était un magasin de matériaux de construction qui avait fermé quelques années plus tôt. Depuis que Vanillari louait l'endroit, il n'y avait déclaré aucune activité, ce qui lui sembla étrange. Elle ne perdrait rien à aller le visiter, même si elle savait qu'elle n'y trouverait sans doute pas de Chocolatine-C-4, elle avait fait voler le drone dans ce quartier et il était resté muet.

Avant de quitter le COB, elle demanda à être avertie lorsqu'ils arriveraient à bout du dernier dossier encore indéchiffrable. Elle savait que le bâtiment de la Cité du Vin était sécurisé, mais elle espérait pouvoir tirer cette affaire au clair avant que la Présidente y fasse son discours de clôture de visite, soit le lendemain quatorze heures.

Il n'y avait pas de temps à perdre. Munie de son 9 mm Glock-17 semi-automatique et de son By-phone 22, elle se rendit au garage du COB par le monte-charge-métro. Elle devait choisir son moyen de transport pour se rendre là-bas. Ses yeux scrutèrent rapidement tous les véhicules. Elle devait pouvoir se garer facilement.

Elle hésita entre deux motos : une Kawasaki 900 Ninja, identique à celle pilotée par Tom Cruise, alias Maverick, dans Top Gun, le long de la piste de décollage ou une Ducati 996, semblable à celle pilotée par Trinity dans Matrix Reloaded pour sauver le maître des clés. Le COB était très bien doté en engins mécaniques.

Cependant, elle jeta son dévolu sur le symbole de la "dolce vita", la guêpe d'Enrico Piaggio, une Vespa 98, le premier modèle de la Vespa datant de 1946 mais remis à neuf, la vraie classe italienne.

À cette heure-là, il y avait pas mal de trafic et pour éviter d'être ralentie, en sortant du parking de la place des Grands Hommes, elle prit le cours de Verdun. Elle laissa à sa droite le cours Xavier Arnozan qui amenait à l'ancien entrepôt Lainé, celui qui était devenu le musée d'art contemporain de Bordeaux, le CAPC. Elle prit la petite rue Henri Rödel qui lui fit traverser la très jolie et discrète place Mitchell. Hommage à Pierre Mitchell, l'industriel irlandais, fondateur de la verrerie royale de Bordeaux en 1723, créateur de plusieurs formes de bouteilles et notamment de celle de la bouteille bordelaise qui a encore la même forme de nos jours et qui est certainement la plus connue et répandue dans le monde entier.

Quelle entreprise de paris, en ligne ou pas, aurait fait parier ses joueurs sur le fait que la forme caractéristique de la bouteille de vin bordelaise survivrait pendant 300 ans et encore de nos jours ?

Elle prit ensuite la longue rue du Jardin Public pour arriver sur le cours du Médoc. Pour rester discrète, elle gara le scooter mythique sur le trottoir, devant la Galerie Tatry, et traversa la rue.

Le grand portail était fermé et il n'y avait pas de véhicule garé dans la petite cour devant l'entrée.

L'endroit semblait désert. Une caméra de surveillance, toute rouillée et sans aucun voyant lumineux allumé, était braquée sur l'entrée principale. Peu de chance qu'elle fonctionne toujours.

Elle sauta par-dessus la clôture et essaya d'ouvrir la grande porte métallique coulissante, sans succès. Elle fit le tour de l'imposant bâtiment et découvrit dans la très grande cour arrière, des dizaines d'immenses tas de sable et de gravier. Il y avait des montagnes, des milliers de mètres cubes, c'était impressionnant.

Il y avait aussi pas moins d'une trentaine de camions bennes bien alignés et autant de pelleteuses gros modèles. Certes, pour un magasin de matériaux, c'était plutôt normal, quoiqu'un peu démesuré, mais celui-ci était fermé depuis quelques années déjà, étrange que de la marchandise et des engins soient toujours présents.

Elle sortit son arme et cassa la vitre d'une porte qui donnait sur l'arrière du bâtiment. Elle se retrouva dans un bureau qui ne semblait pas à l'abandon. Des fauteuils et des bureaux, des petites poubelles pas toutes vides et des ordinateurs éteints mais branchés attestèrent que le lieu était exploité. Elle ouvrit l'autre porte du bureau qui donnait dans l'immense hangar et elle resta stupéfaite.

L'endroit était bondé de bloc de béton d'un mètre cube entassés les uns sur les autres jusqu'au plafond sur plus de huit mètres de haut, avec seulement une allée centrale. Elle fit rapidement le calcul puisqu'elle avait évalué les dimensions du bâtiment. Il devait y avoir pas moins de 300 000 cubes de béton en enlevant le bureau et l'allée. C'était titanesque.

L'Agent Hily, toujours perplexe, sentait une profonde exaspération qui continuait de monter en elle et qui n'allait pas tarder à exploser. Encore une chose qu'elle ne pouvait expliquer, dont elle ne comprenait pas l'objectif. Ce qui était sûr, c'est que, stocker 300 000 cubes de béton, c'était insolite et anormal. Ça faisait vraisemblablement partie du plan qu'elle essayait de déjouer, mais quel plan ? Elle avait envie de pousser un grand cri de rage, de colère et de fureur.

Elle sortit et appela la Capitaine Violette pour se tenir au courant des dernières nouvelles. Aucune trace de Vanillari, son téléphone ne bornait pas. Le Colonel De La Froisse, lui, avait été repéré rentrant chez lui. Les Cousins Jolhan et Jame étaient maintenant postés proche de l'entrée de son immeuble et étaient chargés de surveiller ses allées et venues. Le Dossier de Génie Civil n'avait pas encore livré ses secrets. Rien de nouveau.

Elle commençait à avoir faim, il était plus de 14 h. Elle reprit sa vieille Vespa et fila vers le Palais Gallien, en espérant que son amie Paloma soit toujours aux commandes de son food-truck. Heureusement pour elle, Paloma était toujours là. Il n'y avait plus de clients et elle était tranquillement assise sur une chaise devant le camion. Elle avait sorti son violoncelle et jouait et chantait au soleil, comme souvent pour se détendre après le service.

L'Agent Hily la trouva en train d'adapter un morceau de "Feu ! Chatterton". Quand elle coupa le moteur de la vespa, elle put distinguer les paroles "La glace fondait dans les Spritzs, c'était à n'y comprendre rien", posées sur des pincements et des frottements de cordes fluides et harmonieux.

Paloma posa son violoncelle et, devant la mine renfrognée de l'Agent Hily, devina que quelque chose la tracassait au plus haut point. Elle monta dans son camion et lui dit : « Toi, avec ta tête, tu as besoin de mes cookies au chocolat ! Je me trompe ? Je t'en mets trois, des gros et tu vas me raconter tes soucis ».

L'Agent Hily acquiesça.

Elle se régala des biscuits préparés par son amie et lui raconta tout, du début jusqu'au moment présent. D'une part pour se remettre en tête toute l'histoire, chaque évènement. D'autre part, pour vérifier si elle n'avait pas négligé une quelconque piste ou écarté un indice qui sur le moment aurait paru insignifiant.

Paloma l'écoutait attentivement parler de la disparition des Chocolatines-C-4, des manifestations anti-Unesco préparées par les Nouveaux Bordelais pour déstabiliser le Maire de Bordeaux, des achats immobiliers massifs, des plans de villas, de Vanillari, des blocs de béton, des montagnes de sable et des engins de travaux publics, de la venue de la Présidente de la République le lendemain…

Mais l'Agent Hily n'arrivait toujours pas à trouver de corrélation entre toutes ces données. Quand elle lui parla du dossier de génie civil, créé à Dubaï, et dont elle attendait le déverrouillage par l'Agent Nolan, Paloma se rappela ses dernières vacances dans ce paradis très artificiel qu'était cette oasis de building au bord d'un désert où les dunes de sable d'un blanc éclatant plongeaient dans les eaux translucides et turquoises du Golfe Persique. Le gros tas de sable, comme l'appelait les expatriés qui vivaient là-bas.

Le Byphone 22 de l'Agent Hily sonna et les extirpa de leurs songeries respectives, pour l'une, de son enquête qui piétinait, pour l'autre, de ses souvenirs de vacances.

La voix victorieuse de l'Agent Nolan retentit quand elle accepta l'appel : « C'est bon, le déchiffrage a commencé. C'est progressif, ça va être un peu long, quelques heures minimum, mais on tient le bon bout ».

« OK, continuez, j'arriverai en fin d'après-midi », promis l'Agent Hily.

Elle sourit, elle allait certainement en savoir un peu plus dans peu de temps. Elle embrassa son amie et remonta sur la Vespa, ragaillardie. Il fallait juste attendre. Elle appuya sur le starter et sentit les trépidations de sa machine. Cependant, aucun désir ne monta dans le creux de ses reins sinon celui de résoudre cette affaire, le plus vite possible. Et si possible, avant d'aller au paradis, même si c'était dans un train d'enfer.

Elle se dirigea vers la Garonne. Elle roula, mais pas à plus de cent, sur les quais, jusqu'au Pont de Pierre. Comme parfois, quand elle n'avait besoin de personne et qu'elle se sentait à feu et à sang, elle avait besoin du calme qu'un long regard sur le fleuve pouvait lui apporter.

Elle gara son terrible engin au pied du pont, à quelques pas de la maison écocitoyenne où elle y avait déjà vu quelques expositions. Elle s'engagea sur le pont, à pied, et parcourut la moitié des 487 mètres qui séparaient la place Bir Hakeim, rive gauche, de la place Stalingrad, rive droite.

Au milieu, le silence était saisissant depuis que le pont était fermé à la circulation et c'était très agréable.

De là, elle pouvait voir la porte de Bourgogne de la place Bir-Hakeim, construite en remplacement de l'ancien rempart, sur une commande de l'intendant Tourny qui avait décidé de ceinturer la ville avec des chemins de promenade plantés d'arbres et ponctués de places ornées de portes comme la porte Dijeaux, la porte de Bourgogne ou la porte d'Aquitaine, celle de la place de la Victoire. Cette porte qu'elle apercevait depuis le centre du Pont de Pierre marquait l'entrée officielle de la ville sur l'ancienne route menant à Paris.

Côté place Stalingrad, c'était le majestueux lion bleu, la statue en composite réalisée par Xavier Veilhan, de six mètres de haut. En total décalage de style architectural avec les bâtiments environnants, il gardait la porte d'entrée principale de la rive droite de Bordeaux.

Ce lieu était véritablement apaisant, propice à la méditation ou à la nostalgie. On apercevait au loin la caserne de pompiers de la Benauge. Cette construction audacieuse, haute en couleurs, annonçait un renouveau architectural faisant référence à l'école du Bauhaus et à la théorie de Le Corbusier.

On ne pouvait pas la manquer, contrastant avec la rive gauche et ses façades datant du XVIIIe siècle qui faisaient la beauté et l'authenticité de la ville.

Elle resta trente minutes sur le pont, mettant en application ce qu'elle avait appris lors d'une initiation à la médiation au Wat Langka de Phnom Penh. Ça datait de son premier séjour au Cambodge en famille, lorsqu'elle était enfant, mais elle avait gardé cette technique et l'utilisait lorsqu'elle sentait que sa charge mentale devenait un peu trop lourde à porter.

Des bonzes, ces moines bouddhistes tout d'orange vêtus, avaient enseigné au futur Agent Hily et à sa famille, les préceptes de la méditation de pleine conscience. Il fallait se concentrer sur sa respiration et se sentir exister, ici, au moment présent, en prenant un temps d'arrêt et en portant l'attention sur chaque instant de l'activité quotidienne réalisée sans y porter de jugement, en y intégrant une dimension de bienveillance. Faire une pause dans le tumulte de la vie.

Effectivement, au bout de ces quelques minutes hors du temps, elle se sentit un peu plus paisible. Elle regagna sa vespa et mit le cap sur le parking des Grands-Hommes. Elle passa sous la porte Cailhau qui, avec la Grosse Cloche, était l'un des rares vestiges des remparts protégeant Bordeaux au XVIe siècle, durant le Moyen Âge. Elle était aussi un arc de triomphe à la gloire du roi de France Charles VIII.

Elle débola dans le quartier Saint-Pierre qui était l'un des quartiers les plus anciens de Bordeaux.

Encore bien plus ancien que la porte Cailhau d'à côté. Ce quartier datait de la fin de l'époque romaine, fin du XIIe siècle, où Bordeaux s'appelait Burdigala.

La place Saint-Pierre correspondait d'ailleurs à l'emplacement de l'ancienne entrée du port intérieur, légèrement encastré dans la ville, où les bateaux chargés de marchandises pouvaient se mettre à l'abri avant de repartir vers d'autres villes portuaires. Bordeaux ne s'appelait plus Burdigala depuis longtemps et il n'y avait plus l'ombre d'un bateau place Saint-Pierre.

Des dizaines de restaurants avaient envahi les vieilles rues piétonnes et donnaient à ces lieux, une ambiance bobobo : Bourgeoise Bohème Bordelaise.

À Bordeaux, on dénombrait un restaurant pour 285 habitants. Ce chiffre faisait de Bordeaux la première ville française en nombre de restaurants par habitant, encore un record. L'Agent Hily aimait s'asseoir, parfois, en terrasse, durant les soirées de douceur printanière ou automnale, pour y partager un moment entre amies dans ce quartier.

Arrivée à destination, elle descendit la rampe d'accès du parking des Grands-Hommes, passa le contrôle d'entrée du COB et gara la Vespa à côté d'une vieille Citroën, une magnifique Méhari jaune, immatriculée à l'ancienne, 33 RG 33. RG, ça faisait tout de même un peu "Renseignements Généraux" mais bon, il devait y avoir une raison à cette immatriculation de pistonné.

Quelques minutes plus tard, à 17 h, elle entra dans la salle de briefing et découvrit avec surprise et enchantement l'Agent Pia. Toutes deux avaient écumé, à 25 ans, en Combi Volkswagen, toutes les plages du Sud-Ouest, du nord au sud, de Soulac à Hendaye. Elles venaient d'entrer depuis peu à la DGSIE à cette époque mais se connaissaient depuis bien plus longtemps.

Planche sous le bras, elles avaient testé tous les spots de surf et toutes les plages océanes de la région. Elles étaient incollables sur les gauches de la Gravière ou de la Côte des Basques ainsi que sur les droites des Cavaliers ou de Guéthary.

Deux vraies Silver Surfeuses. Elles échangèrent un sourire complice pendant que l'Agent Hily se demandait pourquoi la présence de l'Agent Pia avait été requise.

« Ça ne devrait plus trop tarder, mais nous avons déjà quelque chose », annonça l'Agent Nolan.

« Comment as-tu fait ? Tu avais dit qu'il pourrait y en avoir pour plusieurs heures, voire plusieurs jours ? » questionna l'Agent Hily.

L'Agent Nolan indiqua à tout le monde que l'Agent Pia était maintenant de la partie. C'est elle qui avait conçu le Byphone 22 avec l'Agent Taïssia et qui maîtrisait tous les aspects des smartphones et des applications, la spécialiste de la téléphonie mobile du COB.

Elle avait eu une idée géniale. Fournir gratuitement sur les stores pour smartphone, une application-jeu qui promettait de rémunérer les utilisateurs au temps passé sur cette application. Ce type d'application existait déjà et était surtout un moyen pour les annonceurs publicitaires de diffuser des messages pour inciter les utilisateurs à acheter tel ou tel produit, de la publicité quoi !

Là, c'était un peu différent. Il suffisait de jouer et au bout de 2 jours, tous les joueurs recevraient 50 €, quels que soient leurs scores, il fallait juste passer au moins 3 heures par jour à jouer.

Le jeu était simple, coloré, facile et très addictif. Le Pia Game, qui consistait seulement à tirer sur des ballons, et dans lequel on montait de niveau toutes les 5 minutes, n'était pas facile à lâcher, surtout quand le compte à rebours s'affichait et promettait ces 50 €.

Bien évidemment, ce que les utilisateurs ne savaient pas, c'est que rien ne serait versé à qui que ce soit et que le jeu disparaîtrait automatiquement de partout, sans laisser de trace, deux jours plus tard.

Par contre, durant tout le temps de jeu, la batterie des utilisateurs se videraient très vite car la puissance de leur smartphone serait utilisée à 100 %. 3 % pour le jeu, 97 % pour l'Agent Nolan qui la récupérait pour son propre compte afin de simuler un ordinateur à la puissance quasi infinie. L'agent Pia était incroyable. Le dossier "Génie Civil" de Dubaï allait parler.

Deux autres agents étaient aussi présents dans la pièce. La DGSIE n'avait pas d'agents en poste à Dubaï, par contre, deux des agents du COB avaient passé plusieurs années à Abu Dhabi, non loin de Dubaï, l'Agent Gabin et l'Agent Garance. Ils connaissaient bien les Émirats et pourraient peut-être se rendre utiles grâce à leurs connaissances du terrain.

L'Agent Nolan expliqua que les premières pages du dossier indiquaient que l'étude de génie civil avait été menée par une filiale de Nakheel Properties, ce qui fit réagir les Agents Gabin et Garance.

« Nakheel Properties, c'est une société qui a créé de nombreux projets immobiliers à Dubaï comme l'aménagement du front de mer par la création d'archipels artificiels avec Palm Islands », expliqua l'Agent Gabin.

L'Agent Garance ajouta : « Vous savez, ces îles artificielles en forme de palmiers ».

« Nakheel Properties a aussi voulu construire la Nakheel Tower qui était appelée à devenir le plus haut gratte-ciel au monde avec ses 1 400 mètres et ses 228 étages », leur apprit l'Agent Gabin.

« Mais ce dernier projet a été définitivement abandonné pour raison financière », précisa l'Agent Garance.

Ces deux-là étaient comme frère et sœur. Quand l'un commençait une phrase, l'autre la finissait.

Avec une entreprise comme celle-là, on pouvait donc s'attendre à quelque chose de grand, de spectaculaire, mais quoi donc ?

L'Agent Nolan continua en détaillant qu'une société des Pays-Bas, Afsluitdijk Corp, avait aussi contribué à l'étude. Il s'était rapidement renseigné et avait appris que cette société construisait des digues pour entretenir les polders des Pays-Bas, ces terres gagnées sur la mer, et avait développé un savoir-faire reconnu internationalement en matière de maîtrise de l'eau.

L'Agent Nolan annonça qu'il faudrait encore patienter pour avoir la suite, le décryptage se faisait page par page et même si cela avançait plus vite que prévu, il fallait tout de même le temps qu'il fallait.

Le cerveau de l'Agent Hily fonctionnait à plein régime. Elle puisa tout au fond de ses réflexions, de ses pensées, de tous les indices qu'elle avait trouvés et de tous faits dont elle avait été témoin ces derniers jours. La réponse à toute cette énigme ne pouvait pas être très loin.

Tout-à-coup, une ampoule virtuelle s'alluma au-dessus de sa tête. « Je sais », cria-t-elle.

Tout le monde se tourna vers elle, suspendus à ses lèvres.

« Les Nouveaux Bordelais veulent transformer les bassins à flot en un lotissement de luxe », triompha-t-elle.

Tous restèrent perplexes.

Elle expliqua qu'il n'y avait aucun endroit assez vaste dans Bordeaux pour pouvoir créer 160 parcelles pour faire des villas, à part peut-être cet espace vierge de construction que représentaient les bassins à flot.

À haute voix, elle développa son idée en faisant le lien entre une société Dubaïote qui a construit les îles artificielles de Palm Island à Dubaï, une société néerlandaise spécialiste des polders, le hangar de Vanillari rempli d'énormes cubes de béton, de sable et d'engins pour combler les bassins, la pénurie de terrains au centre-ville de Bordeaux, les plans de parcelles et de villas, les Nouveaux Bordelais qui ne veulent plus de l'Unesco et pourraient ainsi modifier la physionomie de la ville, leurs achats immobiliers massifs proche de cette zone, tout concordait.

À n'en pas douter, l'Agent Hily avait mis le doigt sur ce qui les mobilisait tous depuis ces derniers jours et ils commencèrent tous à convenir que cette hypothèse pouvait être la bonne.

Cependant, son sourire triomphal s'estompa rapidement. Pourquoi diable des Chocolatines-C-4 avaient disparu de la Base Aérienne et y avait-il un rapport entre cette affaire et la venue de la Présidente de la République le lendemain.

Finalement, tout ne venait pas de s'éclaircir autant qu'elle l'aurait bien voulu. Il restait au moins à élucider ce vol d'explosif qui finalement était le point de départ de toute cette histoire.

Le colonel De La Froisse était pour l'instant intouchable, Vanillari était insaisissable, les chocolatines explosives étaient introuvables et la venue de la Présidente était inévitable.

L'Agent Hily sentait que la journée du lendemain allait être inoubliable et son stress était palpable. Elle avait beau fournir d'intenses efforts de réflexion et de concentration en essayant de faire preuve de discernement et de sagacité, elle n'était plus en capacité de fournir un travail intellectuel pour élucider les derniers mystères de l'Opération Chocolatines qui restaient opaques, sibyllins et cabalistiques.

En clair, elle avait beau se triturer la cervelle, gamberger ou cogiter, elle pédalait dans la choucroute et n'arrivait plus à faire avancer le Schmilblick.

L'Agent Nolan annonça que le décryptage du reste du dossier n'interviendrait pas avant le lendemain matin. En effet, le logiciel, aidé par les centaines de milliers de joueurs du Pia Game avait terminé son travail sur l'introduction du dossier qui identifiait les acteurs, soit les deux sociétés, mais il commençait à peine le plus gros, le contenu à proprement parlé. Celui-ci ne livrerait ses secrets qu'à la fin du traitement total du reste du dossier. Ils avaient donc du temps devant eux mais contradictoirement, ils manquaient de temps face aux échéances du lendemain.

L'Agent Hily quitta le COB, dubitative. Certes, son hypothèse sur les bassins à flot tenait bien la route, mais il manquait des pièces au puzzle. Elle devait découvrir les morceaux manquants rapidement, si possible avant que la Présidente de la République ne fasse son discours à la Cité du Vin et rentre sur Paris. Tout risque d'attentat contre la Présidente devait être éliminé. Cela semblait complètement improbable au regard du dispositif policier qui serait mis en place le lendemain aux abords du circuit de la Chef de l'État dans la ville, mais il fallait s'attendre à tout.

Il était 20 h et l'Agent Hily n'avait pas très envie de rentrer chez elle. La température était douce, la chaleur de ce début juillet était retombée mais l'atmosphère était légèrement chargée d'humidité et un vent tiède soufflait encore doucement sur la ville. Le calme avant l'orage, le répit avant l'agitation.

Elle se décida à aller faire un tour vers ce fameux quartier des bassins à flot et de la Cité du Vin. Ce secteur se trouvait à moins de quatre kilomètres de la Place Gambetta. Elle se persuada que cette petite balade à pied pourrait peut-être lui apporter des idées neuves.

Elle descendit donc le cours de l'Intendance. Elle se demanda si elle ne traverserait pas le passage Sarget pour passer contempler la façade de l'église Notre-Dame ou la magnifique cour Mably et sa salle Capitulaire qui accueillaient dorénavant des expositions après avoir accueilli des moines Dominicains pendant des siècles. Elle n'en fit rien et continua jusqu'à la place de la Comédie où elle tourna à gauche. Son regard s'accrocha sur les grandes bulles transparentes du parvis du Grand Hôtel dans lesquelles quelques clients buvaient des coupes de champagne.

Elle ignora les dizaines de personnes qui faisaient la queue, comme d'habitude, devant le restaurant l'Entrecôte et rejoignit les quais de Garonne qui regorgeaient de promeneurs, de joggeurs et de cyclistes.

Elle se félicita d'avoir la chance de vivre dans une ville qui elle-même vivait autour d'un fleuve tranquille, dont le sens du courant était rythmé par l'alternance des marées montantes et descendantes de l'océan. Elle adorait cette vue dégagée que procurait ce vaste espace, quasiment vierge, très rarement troublée par un bateau de croisière qui, de toutes manières, ne restait pas plus d'une nuit à quai.

Elle arriva à Bord'eau Village, l'ex-Quai des marques, mais ne prêta pas attention à la petite plaque en laiton apposée sur l'une des façades du

Hangar 15 où on pouvait lire que c'était la Société de la Tour Eiffel, fondée en 1889 par Gustave Eiffel lui-même, qui avait racheté l'ancien Quai des Marques en 2018 et l'avait rénové. Elle continuerait donc à ignorer cette anecdote.

Comme elle approchait des bassins à flot, elle appela une de ses amies d'enfance, Juliette, qui vivait non loin de là. Quitte à arpenter un quartier, autant le faire en bonne compagnie.

Son amie, Juliette, comédienne et championne de natation synchronisée, avait réussi à monter un show où elle alliait ses deux compétences. Elle se produisait sur la scène du théâtre Fémina, dans un aquarium à taille humaine et alternait figures aquatiques et déclamations théâtrales. Une performance nouvelle et unique en son genre qui commençait à lui apporter une certaine notoriété, au grand bonheur de sa mère, elle aussi comédienne.

L'Agent Hily et Juliette ne se voyaient que très rarement mais avaient su garder des sentiments d'amitié extrêmement forts et inaltérables. Elles se rejoignirent devant les Halles de Bacalan, ce nouveau lieu qui tenait bien plus du marché bobo raffiné que d'une véritable halle populaire.

Après s'être chaleureusement embrassées en se prenant dans les bras, elles décidèrent d'aller dîner chez Gina, le restaurant en roof-top, de l'hôtel Marriots Renaissance.

Cet hôtel possédait une entrée monumentale qui occupait deux des huit immenses silos cylindriques, anciennement silos à grains. Ces immenses structures témoignaient des activités commerciales franco-coloniales qui avaient connu leur apogée aux XIXe et XXe siècle et culminaient à 35 mètres de hauteur.

Elles montèrent au huitième et dernier étage de cet hôtel situé dans un environnement portuaire animé d'une poésie post-industrielle.

La vue plongeante et imprenable sur les bassins à flot était à couper le souffle. De là, elles pourraient plus facilement imaginer et vérifier l'hypothèse émise un peu plus tôt. Était-il envisageable de transformer les bassins à flot en un lotissement en les comblant.

Alors qu'elles dégustaient un foie gras mi-cuit relevé de quelques œufs d'esturgeons non-fécondés, le fameux caviar d'Aquitaine, l'Agent Hily ne pouvait quitter des yeux les bassins à flot. Elle discutait avec son amie mais une partie de son cerveau se concentrait pour faire un Tetris mental avec les 8 grands rectangles de 250 mètres par 100 mètres sur fond de bassins à flot.

Ça semblait rentrer. Mais pourquoi n'avaient-ils pas simplement fait un plan des bassins à flot, divisés en parcelles plutôt que 8 grands rectangles qu'elle arrivait juste à peu près à positionner imaginairement sur les 2 bassins.

Elle n'avait pas d'autres idées et ne voyait que cette possibilité.

Juliette se rendit assez vite compte que son amie Hily n'était pas tout à fait bien présente avec elle. Elle la sentait préoccupée et lui demanda de se confier à elle si elle en ressentait le besoin.

L'Agent Hily raconta une fois encore toute l'histoire et, en échangeant leurs idées et leurs avis, elles ne purent arriver à d'autres conclusions que celles qu'elle avait émise quelques heures auparavant.

C'est à ce moment-là que deux de leurs connaissances communes, Raphaël et Axelle, frère et sœur, entrèrent pour boire un verre chez Gina. Ils s'exclamèrent, tous les quatre, de surprise et de joie devant la coïncidence de se rencontrer.

Ce n'était pas si improbable que cela. Bien que Raphaël et Axelle soient parisiens de naissance, ils vivaient désormais à Bordeaux où leur vie professionnelle les avaient emmenés et ce n'était pas la première fois qu'ils allaient tous partager un moment de convivialité ensemble.

Depuis leur enfance, Raphaël et Axelle étaient déjà à-demi Bordelais, car ils passaient souvent des vacances dans la région.

Leurs parents, plus de 30 ans plus tôt, s'étaient rencontrés justement à Lacanau et avaient noué avec les parents de l'Agent Hily et de Juliette, une vraie et sincère relation d'amitié. Naturellement, les enfants étaient devenus bons amis en grandissant, se voyant fréquemment, sur Paris ou sur Bordeaux, et à intervalles réguliers. Et c'était sans compter sur les réseaux sociaux avec lesquels il était plutôt facile de garder contact à distance.

Ils s'assirent tous à la même table et profitèrent des ultimes rayons du soleil, qui se couchait au loin, du haut de leur terrasse panoramique.

Ils étaient tous amoureux de ces quelques dernières secondes du jour qui s'achevait et qui souvent rosissaient la ligne d'horizon, quand ce n'était pas le ciel tout entier.

Ils adoraient aussi ces premières minutes du crépuscule avec cette lumière incertaine et vacillante qui succède immédiatement au coucher du soleil.

Raphaël leur expliqua que son cabinet d'étude en énergie déposait ses premiers brevets pour fabriquer des tuiles photovoltaïques qui même sans soleil direct, rendraient toutes les habitations autonomes en énergie, été comme hiver, et auraient certainement un surplus à distribuer aux éclairages routiers ou aux maisons voisines non encore pourvues.

Axelle, avec son éloquence naturelle, leur narra le premier sketch du One Girl Show qu'elle était en train d'écrire et dont la première se déroulerait dans cinq mois à Clamart. Elle avait un peu de pression qui fut vite balayée par les rires et les applaudissements de ses amis.

Après ces bons moments passés ensemble et quand l'Agent Hily fut bien sûre qu'elle ne trouverait pas d'autres explications à ses soucis, elle les quitta pour essayer de se reposer avant le lendemain qui promettait d'être angoissant.

Sur une dernière pensée, elle pria le chauffeur Uber qu'elle avait commandé pour rentrer à son domicile, de passer par l'entrepôt de Vanillari. Pas qu'elle avait eu une idée particulière ou un éclair de génie, mais seulement comme une chose qui trottait dans sa tête et qu'elle avait besoin de ressasser pour essayer de trouver des éclaircissements. En arrivant devant l'entrepôt, elle se rendit compte qu'il était exactement comme lorsqu'elle l'avait quitté quelques heures auparavant et rien ne tilta dans son esprit. Elle s'accorda sur le fait qu'il valait mieux rentrer et se reposer.

Sa nuit fut agitée. Elle rêva de Vanillari et de De La Froisse, déversant des camions de sable et de blocs de béton dans les bassins à flot. Ils y jetaient aussi les camions eux-mêmes et les grues pour accélérer le remblaiement, ce qui provoquait, par débordement, des inondations dans le quartier où l'on se déplaçait désormais en petits zodiacs ou en surf électrique, autant qu'en sphère gonflable à l'intérieur desquelles on pouvait marcher pour avancer. Tout le monde avait des chocolatines à la main et personne ne semblait s'inquiéter. Elle se réveilla en sursaut et en sueur. 3 h. Trop tôt. Quelques secondes plus tard, épuisée, elle réussissait à s'endormir sans que d'étranges songes viennent envahir son sommeil.

Jour J

Le premier rayon de soleil de l'aube s'introduisit par la fenêtre entrouverte de la chambre de l'Agent Hily. Le rideau, bercé par le courant d'air, faisait danser la lumière sur son visage comme une aurore boréale. Elle plissa légèrement les paupières, soupira doucement et ouvrit à demi ses magnifiques yeux noisette pour s'habituer à la clarté qui augmentait de seconde en seconde.

Toujours en demi sommeil, son cerveau se réactiva progressivement, ses neurones se reconnectèrent entre elles et la situation ne tarda pas à se clarifier dans son esprit, Jour J.

L'adrénaline qui recommençait à s'agiter dans ses veines finit de la réveiller totalement. Elle devait trouver Vanillari, quoi qu'il se passe, quoi qu'il arrive, il était une des clés de l'affaire, elle devait absolument mettre la main sur lui et le faire parler, de gré ou de force.

Pour De La Froisse, qu'elle ne considérait plus vraiment comme un Colonel de l'armée de l'air, mais plutôt comme un individu plus que suspect, c'était quasiment pareil. Autorisée ou pas, elle irait bien l'interroger. Il se trouverait sans aucun doute à la Cité du Vin pour le discours de la Présidente et elle souhaitait lui arracher tout ce qu'elle avait besoin de savoir mais ça allait être plutôt compliqué sans mandat, seulement sur ses intuitions qui ne seraient sans doute pas partagées par la justice ou par le service de sécurité sur place.

7h00, elle mit moins de 20 minutes entre son réveil et sa sortie dans la rue, son Glock-17 semi-automatique glissé à la ceinture et dans son regard, une détermination à toute épreuve, une rage de guerrière et la fureur intense de celle qui n'abandonne jamais.

Au COB, on n'allait sans doute pas tarder à finir de mettre au point la préparation de tout le planning de la matinée. Entre l'encadrement du convoi de véhicules gouvernementaux depuis l'aéroport à 8h30, la surveillance étroite durant la visite des monuments de la ville Unesco, en deux petites heures, et la clôture de la tournée présidentielle par un discours à la Cité du Vin vers midi, tout cela en coordination resserrée avec les services de police conventionnelles et l'équipe de sécurité très rigoureuse de la Présidente, ça devait être l'effervescence pour la Capitaine Violette.

Son Byphone 22 sonna. Il s'agissait de l'Agent Nolan, tout agité. Derrière, on pouvait entendre l'Agent Pia se féliciter avec l'Agent Taïssia du Pia Game qui avait fonctionné au-delà de leurs espérances. Elles allaient couper le jeu qui disparaîtrait des stores et se désinstallerait automatiquement des téléphones des joueurs et personne ne pourrait plus faire de réclamation, un jeu fantôme.

L'Agent Nolan expliqua qu'effectivement, leurs intuitions étaient plutôt bonnes. Le dossier "Génie Civil" avait livré ses secrets.

Ce dossier indiquait précisément comment rendre des terres immergées viables pour la construction. Il fallait déverser de grosses quantités de gravier pour stabiliser et aplanir les fonds. Ensuite, on disposait des gros cubes de béton qui constituaient une sorte de fondation solide et fixe. Enfin, on y déversait du sable jusqu'à ce que le niveau de sable dépasse le niveau des eaux. Il fallait en mettre un peu plus que nécessaire pour créer une pente assez douce vers le fond et tout était joué.

Le sable était un matériau très stable, qui n'avait pas besoin d'être tassé et ne le pouvait même pas puisque sa propriété est de l'être déjà vu la taille de ses grains qui se touchaient toujours sans espace libre. Il fallait seulement en mettre beaucoup et dépasser la surface de l'eau de plusieurs mètres afin que la lente érosion provoquée par l'eau soit tolérable sans avoir à toujours ajouter du sable.

Rapidement, on pouvait y commencer des constructions lourdes et imposantes, c'était bien les techniques utilisées à Dubaï pour y créer des îles artificielles et y implanter centres commerciaux, hôtels, parc d'attractions ou lotissements.

Dans le dossier, il y avait le détail pour créer un rectangle de 250 sur 100 mètres. Exactement la dimension de chacun des 8 rectangles du plan de situation. L'Agent Hily avait donc vu juste. Le gravier, les blocs de béton et le sable, c'était bien ce qu'elle avait trouvé en quantités astronomiques à l'entrepôt.

Elle remercia son collègue pour lui avoir livré ces informations qu'elle avait déjà imaginées. Ce qui restait obscur pour elle, c'était cette histoire de quantité phénoménale de sable pour faire des pentes douces vers les fonds et lutter contre l'érosion, alors qu'aux bassins à flot, il ne devrait plus y avoir d'eau si on y mettait les 8 rectangles, s'ils rentraient bien. Soit il s'agissait du dossier Génie Civil qui exposait une technique à adapter suivant les lieux, soit elle avait loupé quelque chose.

Elle se décida donc à retourner à l'entrepôt avant de se rendre au COB. Elle cherchait Vanillari et voulait aussi évaluer si les quantités en présence correspondaient bien. En tout cas, vu la taille du hangar et des empilements de blocs de béton, ça pouvait plutôt coïncider avec les 8 rectangles.

Elle sauta dans son petit Roadster qu'elle n'avait pas utilisé depuis qu'elle était rentrée du

COB, le jour de son retour sur Bordeaux. Elle sauta littéralement dedans, car elle l'avait laissé dans son garage, décapoté, vitres baissées et il n'était donc pas nécessaire d'ouvrir la portière pour s'installer. Elle sortit dans la rue et accéléra assez fort, ce qui fit légèrement chasser l'arrière de la voiture, grâce au système de propulsion de la Miata, l'autre nom de son MX-5 deuxième génération, la plus belle.

Arrivée devant le grand portail, elle ne vit aucun véhicule garé dans la petite cour devant l'entrée. L'endroit semblait toujours désert et la caméra de surveillance restait dans le même état, toute rouillée et sans aucun voyant lumineux allumé.

Mais, en y regardant de plus près depuis sa voiture, contrairement à la veille, elle remarqua que le portail était entrouvert, avec seulement la place de laisser passer une personne. Elle gara sa voiture-karting sur le trottoir et se faufila à l'intérieur de la cour.

Tout semblait aussi désert que la veille. La grande porte métallique coulissante était toujours fermée et aucun son ne provenait de l'intérieur. Elle fit furtivement le tour du bâtiment, et reconnut la vitre qu'elle avait cassée la veille. Elle prit son 9 mm dans une main et passa son autre main à travers le trou pour trouver de nouveau la poignée à ouvrir.

À cet instant, un léger bruit se fit entendre au-dessus d'elle. Elle leva rapidement les yeux pour analyser la source du bruit et le danger potentiel qui pouvait en découler. Elle eut seulement le temps de voir qu'une masse sombre s'abattait sur elle avant de fermer les yeux. En touchant ses épaules, la masse la déstabilisa, la projeta au sol et l'étourdit pendant quelques dizaines de minutes.

Petit à petit, elle reprit ses esprits et analysa mentalement chaque partie de son corps pour évaluer les dégâts avant de faire le moindre mouvement. Apparemment, rien de cassé, mais elle sentit qu'elle avait les mains liées dans le dos, ce qui n'était pas très bon signe. En ouvrant lentement les yeux pour scruter son environnement, elle découvrit un pneu, qui semblait être à l'origine de sa chute. Sans doute lâché depuis le toit du bureau où elle souhaitait entrer de nouveau. Ça semblait correspondre, pas de blessure ouverte, une perte de connaissance, elle avait vraisemblablement été assommée par un pneu.

En levant les yeux, elle reconnut l'homme dont les Cousins Jolhan et Jame s'étaient occupés sur la terrasse du Colonel De La Froisse où lorsque l'ordinateur avait bipé sur des potentiels suspects chez les Nouveaux Bordelais : Vanillari.

Il souleva l'Agent Hily, la poussa dans le bureau dont la porte était maintenant ouverte et l'assit sur une chaise.

Il déposa le 9 mm sur une table voisine ainsi que le Byphone 22 qui dépassait de sa poche arrière.

« Qui êtes-vous ? Pour qui travaillez-vous ? », hurla-t-il, en ponctuant sa phrase par une gifle magistrale qui fit comprendre à l'Agent Hily qu'elle se trouvait vraiment en mauvaise posture.

L'Agent Hily essayait de retenir sa rage devant cet homme qui venait de la frapper. Elle lui aurait bien sauté au visage et enfoncé ses ongles dans la chair de son cou, mais elle sentait que les liens sur ses poignets étaient bien trop serrés pour pouvoir se libérer. Il ne perdait rien pour attendre.

L'Agent Hily restait muette.

« Je vous ai vu hier vous introduire dans mon bar des Capucins via le système de vidéo-surveillance ainsi qu'ici même. Ça n'a pas l'air mais le système d'alarme et la caméra à l'entrée fonctionnent très bien », poursuivi Vanillari.

Là encore, l'Agent Hily ne répondit pas, essayant de jauger son adversaire pour savoir jusqu'où il pourrait aller pour la faire parler.

« Que fait une demoiselle aussi charmante que vous avec un pistolet semi-automatique dans mon entrepôt, je vous le répète une dernière fois. Qui êtes-vous ? Pour qui travaillez-vous ? Que voulez-vous ? », s'impatienta Vanillari.

Il se tourna et l'Agent Hily entendit le bruit d'un flacon que l'on dévisse et vit vanillari attraper un torchon. À cet instant, il fallait faire quelque chose car cela pouvait être de la drogue ou du chloroforme et elle avait bien d'autres choses à faire aujourd'hui que de faire une sieste.

Au COB, personne n'était informé de sa virée matinale chez Vanillari. On ne viendrait certainement pas la secourir, surtout par une journée comme celle qui s'annonçait.

Elle espérait que cette journée n'allait pas se terminer aussi mal qu'elle avait commencé. Soit elle trouvait quelque chose, soit elle risquait de finir dans un cube de béton.

« Je travaille pour De La Froisse », bluffa-t-elle.

« Comment ça ? », s'exclama Vanillari.

« Il n'a pas vraiment confiance en vous et m'a demandé de jeter un œil sur vous », continua-t-elle en voyant l'intérêt que Vanillari portait à ses propos.

« De La Froisse, c'est absurde, nous sommes associés, pourquoi voudrait-il me surveiller ? », rétorqua-t-il.

« Je suis au courant de peu de choses, ma mission consiste juste à m'assurer que vous mènerez à bien votre partie dans le projet », s'aventura-t-elle.

Elle devait gagner du temps et essayait toujours de détendre les liens qui bloquaient ses poignées, pour se libérer, mais rien n'y faisait.

« De quel projet parlez-vous ? », lui demanda-t-il, plutôt agressivement, en s'approchant d'elle, menaçant.

Elle était maintenant forcée d'en dire un peu plus si elle voulait avoir une chance de s'en sortir.

« Vos projets immobiliers à la place des bassins à flot, mais je ne suis pas au courant des détails », finit-elle par lâcher.

Vanillari prit un air mi-surpris, mi-intéressé, puis quelque peu amusé.

« C'est-à-dire Mademoiselle ? », dit-il d'un ton plus léger.

« Je crois avoir compris que vous devez remplir les bassins à flot avec tout ce que vous stockez ici et De La Froisse m'a engagée pour savoir si les choses sont en bonne voie, mais il est resté assez évasif », expliqua timidement l'Agent Hily.

Vanillari explosa d'un rire gras et tonitruant.

« Vous avez des idées intéressantes, je vais les noter. Ce qui est sûr, c'est que vous ne travaillez pas pour De La Froisse et vu votre arme, je dirais plus que vous travaillez pour la Police ou pour le gouvernement, et que vous avez bien peu d'informations », ricana-t-il.

N'ayant plus grand-chose à cacher, l'Agent Hily essaya d'en savoir le plus possible.

« Vous marquez un point. Éclairez-moi alors. Je suis votre prisonnière, vous ne risquez plus rien, et expliquez-moi le rapport avec les chocolatines, enfin, avec les pains de C-4 qui ont disparu de la base aérienne de De La Froisse ».

« Ah, vous ne m'aviez pas tout dit, vous détenez plus d'informations intéressantes que ce que vous m'avez laissé entendre, vous n'auriez pas dû fourrer votre nez dans nos affaires, vous en savez beaucoup trop sur nous », dit-il en la défiant du regard.

« Que se passera-t-il lors du discours présidentiel en présence des Nouveaux Bordelais ? », demanda l'Agent Hily, pour intriguer Vanillari et essayer de récolter des informations plus précises. Elle avait voulu piquer sa curiosité pour qu'il parle et qu'elle puisse enfin trouver une solution à ce puzzle d'intrigues.

Vanillari fronça les sourcils, il venait de comprendre qu'elle en savait déjà beaucoup plus que ce qu'il ne pensait. Il pestait. Même si elle n'avait pas encore compris tout ce qui se rattachait à cette affaire, elle avait trouvé son entrepôt et avait découvert qu'il y avait des liens entre lui, De La Froisse, les Chocolatines-C-4 et le discours présidentiel. Elle était intelligente, elle en savait trop. Il allait en discuter avec De La Froisse mais de toutes les façons, il ne pensait pas la laisser sortir vivante de cet entrepôt et risquer de compromettre l'affaire de sa vie. Il pouvait donc parler librement mais son expérience lui dictait de ne pas lui en dire plus, on ne savait jamais.

Toutefois, se sentant totalement maître de la situation, il lâcha quelques bribes d'informations pour lui montrer que c'était bien lui qui était en position de force, pour titiller sa curiosité et l'angoisser pour assouvir son côté pervers.

« Ce que je peux vous dire, c'est que vous voyez des choses, mais comme beaucoup, vous voyez petit, très petit. À midi, De La Froisse déclenchera le démarrage détonnant de notre grand projet et si vous n'étiez pas venue ici, vous auriez commencé à mieux comprendre, vous auriez été aux premières loges durant le discours, dommage », triompha Vanillari en ricanant.

« Vous allez sagement m'attendre ici et ce soir, nous verrons ce que nous ferons de vous », lui dit-il en attrapant une corde, sans doute pour lui lier les pieds aussi et ainsi l'immobiliser totalement.

Même si Vanillari ne s'en prenait pas tout de suite à elle, elle savait qu'au mieux, ce serait pour plus tard. Certainement que s'il avait eu le temps de la supprimer et de faire disparaître son corps dès à présent, il l'aurait sans doute fait mais son planning devait être bien trop serré.

Il était 10 h, cela ne laissait que deux petites heures avant un certain dénouement qu'elle ne maîtrisait toujours pas et elle se trouvait en bien mauvaise posture. Elle avait bien compris que si elle ne tentait pas de s'échapper tout de suite, les évènements prévus par Vanillari et De La Froisse se dérouleraient comme ils les avaient planifiés.

Il s'approcha d'elle et lui fouilla les poches du jean. Il trouva les clefs de la MX-5 et un tube de rouge à lèvres, il ne voulait pas lui laisser quoi que ce soit sur elle, sentant qu'il avait à faire à une personne qui n'était pas qu'une frêle jeune femme.

« Pourrais-je quand même me faire une beauté, je commence à avoir les lèvres gercées » dit-elle en désignant du menton le tube de rouge à lèvres Chanel.

« Vous pensez peut-être que je vais vous donner cet objet qui pourrait bien dissimuler quelque chose pour vous aider à vous échapper ou à communiquer ou je ne sais quoi ? Vous insultez mon intelligence », ironisa Vanillari.

Sur ces paroles, il l'ouvrit pour vérifier qu'il s'agissait bien d'un rouge à lèvres ou si le tube abritait un gadget type moyen de communication ou autre, ce dont il doutait fortement. Le gaz paralysant s'échappa d'un coup. Ses yeux s'écarquillèrent de stupeur, mais il était déjà trop tard pour réagir. Il n'eut le temps de rien faire et tomba, de tout son poids, à la renverse. Sa tête heurta le sol si violemment qu'une flaque rouge bordeaux apparue rapidement au sol autour de son crâne.

À cet instant, l'Agent Hily eut une pensée reconnaissante pour l'Agent Taïssia à qui elle avait subtilisé l'objet qui venait probablement de lui sauver la vie.

Malheureusement pour elle, Vanillari ne risquait plus de lui apprendre quoi que soit de plus. Il baignait maintenant dans une mare de sang. Dommage. Cependant, grâce à leur petite discussion, elle avait tout de même glané quelques informations. Il semblait que son idée de combler les bassins à flot pour en faire un lotissement de luxe s'avérait être une fausse piste puisqu'elle avait surpris Vanillari avec cette hypothèse. Par contre, il semblait bien y avoir un rapport avec la venue de la Présidente et son discours à la Cité du Vin. Finalement, Vanillari avait été plutôt d'un bon secours, mais elle ne pourrait pas se servir de lui pour faire tomber De La Froisse qui nierait toute implication.

Elle se leva et parvint à saisir un ciseau dans un pot à stylo qui se trouvait sur un bureau voisin. Elle contorsionna ses poignets tant bien que mal et elle arriva enfin à se libérer.

Elle récupéra son 9 mm et son Byphone 22. En tombant au sol sous le poids du pneu, son Byphone 22 avait reçu un choc et le flash avait rendu l'âme. Dommage, elle devait trouver De La Froisse avant midi et elle aurait adoré s'en servir sur lui pour qu'il révèle tout ce qu'il savait, unlucky !

Bien qu'elle n'eût rien de concret contre De La Froisse, elle était clairement décidée à l'appréhender et à le faire parler, même si cela sortait de la légalité et sans preuve tangible.

Elle appela les Cousins Jolhan et Jame qui devaient toujours être postés devant le domicile de

De La Froisse. Ils répondirent présents. Ils expliquèrent que plusieurs personnes arrivaient chez lui, à priori des membres des Nouveaux Bordelais. À n'en pas douter, ils se rejoignaient avant de se mettre en route pour la Cité du Vin.

Elle raccrocha et composa directement le numéro de la Capitaine Violette. Elle lui raconta rapidement ce qu'il venait de se passer et lui exposa son intention d'arrêter De La Froisse avant qu'il ne pénètre dans la Cité du Vin pour lui extorquer des aveux, enfin, pour connaître la vérité sur l'affaire en cours et connaître son degré d'implication. Si Vanillari avait failli la supprimer, c'est qu'il s'agissait de quelque chose d'énorme, et d'illégal.

Malheureusement pour elle, la Capitaine Violette lui rappela la loi. Certes, les agents de la DGSIE pouvaient, et même devaient souvent se placer au-dessus des lois ou les enfreindre pour préserver la sécurité nationale, mais il fallait toujours rester discret, une des clés du métier et de la réussite des opérations. Et là, vu le contexte et le fait que De La Froisse ne serait sans doute plus seul durant toute cette journée, il allait être très difficile de l'interroger.

La Capitaine Violette s'excusa et l'Agent Hily pesta. Elle aurait dû suivre ses intuitions du départ. Dès le second jour de la mission, lorsqu'elle avait assisté à l'appel vidéo pour avoir des nouvelles de l'enquête sur la disparition des chocolatines C-4, elle avait déjà eu un mauvais pressentiment devant cet homme qui trouvait étrange que l'on lui demande des comptes et qui semblait essayer de minimiser la disparition des 100 kg de chocolatine C-4. Elle aurait dû aller le questionner en personne.

Elle essaya de se calmer un peu avant de regagner son roadster. Elle comprenait ce que sa supérieure lui avait dit et c'était bien son rôle mais cela la contrariait fortement.

Quelques minutes après, elle reçut un sms de la Capitaine Violette qui avait sans doute dû réfléchir : "Mission impossible". C'était un code entre elles, rappelant l'introduction de la vieille série télé culte qui disait : "Comme toujours, si vous ou l'un de vos collaborateurs étiez capturés ou tués, le département d'État niera avoir eu connaissance de vos agissements". En clair, "vous n'êtes pas autorisé officiellement et nous ne vous couvrirons pas mais merci de faire tout ce que vous pouvez".

Elle sauta dans son roadster, enclencha la première vitesse et enfonça la pédale d'accélérateur pied au plancher et fila à toute allure vers la Cité du Vin.

Il était 10h30. La troupe présidentielle se promenait tranquillement en observant les magnifiques monuments bordelais éclairés d'un soleil radieux. Toute l'équipe était émerveillée et finissait par penser qu'ils se trouvaient mieux ici qu'à Paris. Il faut dire que la ville de Bordeaux était surnommée le "Petit Paris", grâce à sa très ancienne et très riche histoire, qui trouvait son origine à l'âge du fer, au VIe siècle av. J.-C., avant que Burdigala ne fût fondée au premier siècle av. J.-C. par les Bituriges Vivisques, un peuple gaulois originaire de la région de Bourges.

"Petit Paris", aussi, grâce à son architecture magnifique et préservée depuis des centaines d'années, sans avoir subi les ravages des guerres ou les bombardements, avec ses nombreux quartiers, monuments et places datant de plusieurs siècles, d'où son classement à l'Unesco. Sans compter ses jolies rues pavées, ses quais, ses bars et ses restaurants.

"Petit Paris" enfin, car durant quelques mois seulement, mais à trois reprises, Bordeaux fut la capitale de la France. À chaque fois en temps de guerre. Le gouvernement français venait y trouver refuge, pour échapper à l'ennemi, en 1870, en 1914 et en 1940.

L'Agent Hily abandonna sa décapotable sur le parking du Café Maritime et scruta les bassins. Devant elle, la vieille Dame de Shanghai où elle avait déjà passé une soirée mémorable avec ses amies de lycée, à boire des cocktails et à danser.

Tout proche, le vaisseau spatial, monumentale soucoupe volante de 17 mètres de diamètre, en acier galvanisé, recouvert de tôles d'aluminium, surplombant le bassin à flot n°1 de Bordeaux, deuxième œuvre du triptyque "Les vaisseaux de Bordeaux" de l'artiste londonienne Suzanne Treister.

Elle cherchait toujours à comprendre. Elle s'était vraisemblablement trompée. Vanillari lui avait fait comprendre que le but de tout cela n'était pas d'annexer les bassins.

Il y avait autre chose, et la phrase que Vanillari lui avait dit résonnait dans sa tête : « Vous voyez petit, très petit ». De même, il n'y avait pas besoin de Chocolatines-C-4 pour combler les bassins à flot. Elle essaya d'obliger son esprit à ne pas se fixer de limite dans sa réflexion, de le laisser imaginer tout et n'importe quoi, mais les images des bassins à flot, celles des plans des rectangles ajoutées à celles des cubes de béton et des montagnes de gravier et de sable parasitaient ses pensées qui restaient invariablement accrochées à sa première hypothèse. Elle devait sortir de son cadre de référence mais n'y parvenait pas.

Elle se dirigea vers l'entrée de la Cité du Vin. Les invités pour la clôture de la visite de la Présidente et de son staff commençaient à arriver. Par téléphone, les Cousins Jolhan et Jame confirmèrent que De La Froisse était en chemin. Elle leur demanda de ne pas le quitter d'une semelle et leur confirma qu'il était bien mouillé dans toute cette histoire.

Devant l'entrée l'attendait déjà la Capitaine Violette. Elle parlait à la partie du service de sécurité qui était déjà sur les lieux pour sécuriser la zone. L'autre partie du service accompagnait le cortège pour protéger la Présidente lors des visites.

Ce service était composé de policiers de la préfecture de police et de gendarmes du groupe de sécurité de la présidence de la République. La Capitaine Violette avait été désignée pour coordonner la sécurité entre ces policiers et ces gendarmes.

L'Agent Hily fit un signe de la tête à sa Capitaine pour lui indiquer qu'elle était désolée mais qu'elle n'avait rien de nouveau.

La Capitaine Violette présenta l'Agent Hily à tout le monde en leur expliquant qu'elle était en charge d'une mission de surveillance bien particulière et confidentielle et qu'ils devaient tous la considérer comme une des leurs et qu'ils devaient lui apporter toute l'aide qu'elle demanderait sans poser de questions.

L'Agent Hily demanda à ce groupe de professionnels s'ils n'avaient rien trouvé de suspect ou d'étrange. Ils expliquèrent qu'ils avaient très minutieusement fouillé le lieu et que rien n'avait attiré leur attention.

La Capitaine fit signe à l'Agent Hily. De La Froisse arrivait avec une bonne vingtaine de ses collaborateurs des Nouveaux Bordelais.

L'Agent Hily s'éloigna du service de sécurité. De La Froisse ne l'avait jamais vue. Elle ne s'était pas montrée lors de l'appel en visioconférence de la Capitaine Violette pour prendre des nouvelles de l'enquête sur la disparition des chocolatines-C-4. Puis elle l'avait aperçu, mais sans le connaître lors de la manifestation des anti-Unesco et ne s'était pas non plus montrée à lui lors de la visite clandestine à son appartement. Il ne se méfierait donc pas d'elle et elle pourrait s'en rapprocher plus facilement dans quelques minutes.

Elle entra dans le hall de la Cité du Vin et monta directement au huitième étage où quelques invités étaient déjà arrivés. Elle se fondit dans la masse.

On distinguait bien les bassins à flot, la Garonne, et toutes les nouvelles constructions de ce quartier en pleine expansion. Elle observait la salle se remplir doucement.

De La Froisse arriva enfin. Il paraissait nerveux. On aurait dit qu'il cherchait quelqu'un dans l'assemblée. Il parlait à ses acolytes, et lui et certains passaient des coups de téléphones très rapides. Sans doute essayaient-ils de joindre Vanillari qui ne pourrait plus jamais répondre.

Quelques minutes plus tard, le service de sécurité, cette fois-ci au complet, la Présidente et tout son staff arrivèrent. L'Agent Hily se rapprocha discrètement de De La Froisse et l'observa attentivement. Il transpirait.

Avant que la Présidente ne commence son allocution, le Maire, Clément Arthur, prit la parole pour la remercier de sa venue. Devant les caméras des chaînes de télévision locales et nationales, il annonça fièrement à tout l'auditoire que la travée levante du Pont Chaban-Delmas allait monter pour célébrer cette visite.

Un feu d'artifice aurait aussi été une élégante manière de célébrer cet événement, mais il faisait plein jour. On avait donc inscrit depuis longtemps cette date au calendrier des montées et descentes du pont, même s'il n'y avait pas de bateau à faire passer. Tout le monde pourrait profiter du spectacle en attendant les retardataires et ensuite, la Présidente pourrait prendre la parole.

Comme tous les participants, l'Agent Hily regarda le pont qui allait mettre 11 minutes à monter pour se retrouver 53 mètres au-dessus de la Garonne. Le Maire en profitait pour détailler de manière assez technique toutes les caractéristiques du pont qui était une des fiertés de Bordeaux.

Quand plus aucun véhicule ni piéton ne se trouvèrent sur le pont, les barrières s'abaissèrent. Le pont s'ébranla et commença sa lente ascension.

La mâchoire de l'Agent Hily se crispa. Une idée hallucinante venait de traverser son esprit.

Au même moment, le patron de la DGSIE appela la Capitaine Violette sur son téléphone. Elle dut sortir du Belvédère pour répondre sans gêner le Maire de Bordeaux qui faisait l'article de son pont hors-du-commun et de son fonctionnement

Elle n'eut pas d'autre choix que de prendre l'ascenseur et de descendre d'un étage, au septième, au restaurant le 7, pour pouvoir parler librement avec son supérieur et le tenir au courant du peu de choses qu'elle savait. Elle dut lui raconter l'épisode Vanillari du matin et son épilogue fatal, suivant ce que l'Agent Hily lui avait rapporté.

Elle dut répondre aux questions et affirma que pour l'instant, tout allait bien mais qu'ils restaient tous sur leurs gardes, l'instinct de sa meilleure agente n'était pas à négliger. Son patron lui rappela de ne pas toucher à De La Froisse sans preuve, sans certitude, l'instinct ne suffisait pas, il fallait des preuves irréfutables. Ils étaient les probables prochains élus à la Mairie.

Un étage plus haut, l'Agent Hily sortit son Byphone 22 et appela Iris, une de ses amies, surfeuse elle aussi, mais surtout ingénieure hydrogéologue, spécialisée dans l'utilisation de l'eau comme énergie renouvelable. Après un rapide bonjour, elle lui posa une question tandis qu'elle fixait du regard la Garonne : « Sais-tu pourquoi la Garonne est de couleur marron ou un peu jaune, comme de la boue ? ».

« Oui, c'est simple, il s'agit d'une réaction chimique entre les eaux salées de l'océan et les eaux douces qui viennent de la source de la Garonne. Cela provoque un regroupement des argiles et crée un bouchon vaseux, mais l'eau n'est pas sale pour autant », répondit l'hydrogéologue.

« Iris, y aurait-il un moyen de rendre la Garonne bleue, agréable à regarder, voire paradisiaque », questionna l'Agent Hily.

« Heu, ben, oui, mais ça va être difficile. Il faudrait qu'il n'y ait plus de marée haute et donc que l'eau salée ne remonte plus dans l'estuaire, mais c'est impossible », répliqua Iris.

« Une dernière chose, quelle est la profondeur de la Garonne au niveau du pont Chaban-Delmas ? », lui demanda-t-elle.

Iris lui répondit que cela devait tourner aux environs des 30 mètres.

L'Agent Hily raccrocha, la mâchoire toujours crispée. Elle venait de tirer une conclusion déconcertante de sa discussion avec Iris et ne pouvait se résoudre à l'accepter, c'était impossible.

Elle se tourna vers De La Froisse et le vit remonter son bras très lentement vers la poche intérieure de sa veste. Sa veste ne semblait pas être déformée par une quelconque arme, mais il faisait cela à une vitesse bien plus lente que lorsqu'on cherche à attraper quelque chose comme un papier ou un mouchoir, c'était étrange, même suspect. Il préparait quelque chose et essayait de le faire sans que personne ne puisse le remarquer, sans geste brusque. Son front perlait de gouttes de sueur, il préparait manifestement quelque chose et l'Agent Hily sentit qu'il était temps qu'elle intervienne.

Elle sortit son 9 mm, se positionna en face de De La Froisse et le mit en joue.

« Mains en l'air » cria-t-elle alors que le Maire était toujours à vanter les prouesses technologiques de l'ouvrage qui était à peine à la moitié de son parcours vers le sommet des pylônes.

Les policiers et gendarmes, à qui elle n'avait pas été présentée, sortirent leurs armes et les pointèrent sur cette jeune femme sans uniforme qui menaçait un des invités.

Les autres étaient dubitatifs, se demandant ce qu'il se passait et s'ils devaient imiter leurs collègues ou obéir aux ordres de la Capitaine Violette qui avait demandé, quelques instants plus tôt, de prêter main forte à l'Agent Hily. Seulement, la Capitaine Violette n'était pas dans la pièce. Un "Ne tirez pas" émana d'un policier qui avait bien saisi ce que la Capitaine Violette avait ordonné.

« Je suis l'Agent Hily, je suis ici pour déjouer un attentat », cria-t-elle.

De La Froisse prit son air le plus innocent possible et s'adressa à la cantonade, la main toujours dans la poche intérieure de sa veste : « C'est une méprise Agent, heu, Agent Hily, je suis le Colonel De La Froisse, je suis le Commandant de la Base Aérienne 106 de Mérignac et je suis aussi le chef de file des Nouveaux Bordelais », lança-t-il sur un ton méprisant.

Les policiers et gendarmes ne bougeaient pas. Ils avaient mis le Maire et la Présidente de la république en sécurité, en les entourant, et cherchaient du regard la Capitaine Violette qui devait se trouver dans la pièce mais qui n'y était pas. Ils attendaient de voir ce qu'il allait se passer, prêts à intervenir.

« Je sais qui vous êtes. Sortez votre main de votre veste et faites nous voir ce qu'elle contient », hurla l'Agent Hily.

De La Froisse sortit doucement sa main de sa poche et présenta une petite boîte noire toute simple avec 2 boutons.

« Il s'agit seulement de la télécommande de mon garage, je m'assurais que je l'avais bien sur moi car j'ai quitté mon domicile précipitamment tout à l'heure pour ne pas arriver ici en retard », répliqua-t-il d'une voix arrogante.

« Vous mentez. Il n'y a pas de garage chez vous, Place du Parlement, l'endroit est piéton. Posez au sol cette télécommande qui n'en est pas une, c'est le détonateur », s'énerva-t-elle.

Un grand « Ho ! » d'inquiétude se fit entendre parmi le public nombreux.

« Je n'en ferai rien, vous vous ridiculisez », lança-t-il en ricanant et en appuyant sur les boutons de la télécommande.

« Vous voyez bien que rien ne se passe, vous êtes ridicule », ajouta-t-il.

L'Agent Hily se retourna, regarda en direction de la Garonne et effectivement, rien ne se passait.

La porte de l'ascenseur s'ouvrit et la Capitaine Violette en sortit. Elle analysa la situation en une fraction de seconde et comprit instantanément que son code "Mission Impossible" était en application.

« Baissez vos armes » ordonna-t-elle aux policiers et gendarmes, en espérant que l'Agent Hily n'était pas en train de commettre une bêtise.

Elle leur demanda de bloquer les accès afin que personne, et surtout aucun Nouveaux Bordelais, ne puisse sortir.

Plus personne ne regardait le pont qui allait arriver au sommet des pylônes deux minutes plus tard, tout le monde avait les yeux rivés sur l'altercation en cours.

Si elle avait eu son Byphone 22 avec l'option "sérum de vérité" en état de fonctionnement, elle l'aurait utilisé sur le champ pour obtenir des aveux mais à cause de Vanillari, cette fonction était désormais hors-service.

Confortée par sa supérieure et plutôt sûre d'elle, l'Agent Hily annonça : « Déballez-nous tout où je vous tire une balle dans le genou ».

« Vous bluffez Agent Hily », dit De La Froisse d'un ton dédaigneux.

La Capitaine Violette eu à peine le temps de dire : « Non, elle n'a pas l'air de bluffer là, quand même », que l'Agent Hily tira une balle dans le genou de De La Froisse, sous les yeux ébahis de la foule. Il tomba au sol, terrassé par la douleur. L'Agent Hily récupéra la soi-disant télécommande.

Aucun autre membre du groupe des Nouveaux Bordelais, ni personne d'autre ne se risqua à dire : « Peut-être qu'elle bluffe ? Peut-être qu'elle n'avait qu'une seule balle ? ».

Seule la Capitaine Violette murmura : « Moi, j'avais voté "elle bluffe pas" », en pouffant nerveusement en espérant que des aveux viendraient vite.

De La Froisse essayait de se relever, sans y parvenir. On pouvait l'entendre jurer et proférer des menaces de représailles à l'encontre de celle qui venait de lui tirer dessus.

« De toute façon, Vanillari nous a tout balancé, il est à présent en garde à vue et déjà inculpé », bluffa-t-elle véritablement cette fois-ci, pour essayer de voir si ce qu'elle imaginait depuis quelques minutes s'approchait de la réalité.

De La Froisse resta un instant dubitatif et commença à comprendre pourquoi son complice n'était pas là comme prévu.

« Je veux parler des achats immobiliers dans la zone proche de la Garonne, des plans des 8 rectangles de parcelles avec des villas, des blocs de béton, des montagnes de sable et des chocolatines », expliqua-t-elle.

« Hein, des chocolatines ? », s'étonna De La Froisse.

« Oui, pardon, des 100 kilos de pains de C-4 que vous comptiez faire exploser avec votre détonateur, nous savons déjà tout », lâcha-t-elle.

« Je ne vois pas de quoi vous parlez », essaya-t-il encore.

Avec son arme, pour l'intimider, elle visa le second genou de De La Froisse, encore intact, tandis qu'il essayait de ramper pour s'éloigner de l'Agent Hily.

« Monsieur le Maire, le Colonel De La Froisse va tout vous raconter. Vous veniez de dire que le pont faisait 45 mètres de large, c'est bien cela ? », demanda l'Agent Hily.

« Oui, en effet, pour la travée levante, et 40 mètres pour les travées fixes », répondit-il.

« Je viens d'apprendre que la profondeur du fleuve, à cet endroit, est d'environ 30 mètres, vous confirmez ? », continua-t-elle.

« Hé bien, oui, je pense, approximativement, pour que les bateaux de croisière puissent passer, mais je ne vois pas où vous voulez en venir ? », répondit-il.

« Vous aurez du mal à me croire, mais cet homme, et ses amis, vos adversaires politiques, préparaient quelque chose de monumental, allez-y, expliquez-vous avant que je vous tire dans l'autre genou », s'emporta l'Agent Hily.

« Et j'ajoute que comme nous avons réussi à déjouer votre plan et que l'explosion des Chocolatines n'a pas eu lieu, vous bénéficierez sans doute de circonstances atténuantes, mais il va falloir tout raconter et en détail », dit-elle en le regardant froidement, son 9 mm toujours pointé sur lui.

Les autres Nouveaux Bordelais essayaient de se faufiler vers les sorties mais le service de sécurité veillait.

De La Froisse, se sentant pris au piège et démasqué, se résigna, vaincu, et n'eut pas d'autre choix que d'avouer. Il avait bel et bien perdu la partie.

« Mais pourquoi m'avoir tiré dessus ? », gémit-il en se tenant la jambe.

« Pour le plaisir, allez, maintenant, on déballe tout », répondit-elle.

Il expliqua que des charges de C-4 étaient placées au sommet des pylônes et qu'elles seraient déclenchables avec la télécommande mais seulement lorsque le pont aurait été à sa hauteur maximale. C'était pour cela qu'il avait appuyé sur la télécommande pour se disculper, avant que le pont ne soit en haut, ce qui, comme prévu, n'avait pas eu d'effet.

Il précisa que sur les quatre charges, deux devaient exploser en premier pour mettre la travée levante en mode vertical puis deux autres, ensuite, pour qu'elle tombe sur sa tranche dans la Garonne.

Avec la vitesse et le poids, elle devait s'enfoncer de 10 mètres dans le fond du lit du fleuve assez meuble. 45 mètres de pont moins 10 mètres d'enfoncement moins 30 mètres d'eau, ça donnait 5 mètres. Elle dépasserait donc d'environ 5 mètres au-dessus de l'eau, soit quelques centimètres en dessous du niveau piétonnier des quais. Elle resterait en place grâce aux quatre pylônes très profondément ancrés dans les entrailles de la Garonne, à 25 mètres de profondeur, de solides fondations.

D'autres charges étaient placées sur les travées fixes un peu moins large, de 40 mètres. Elles ne tomberaient pas d'aussi haut, s'enfonceraient un peu moins et arriveraient donc à la même hauteur.

Le pont effondré ferait donc un barrage. C'était la position idéale pour stopper les marées montantes qui ne pourraient pas remonter le fleuve et c'était aussi la meilleure hauteur pour que le niveau d'eau retenue arrive pratiquement à hauteur des voies le long de la Garonne.

La Garonne pourrait donc tranquillement continuer à s'écouler vers l'océan en passant pardessus le pont englouti, en arrivant au ras des quais où les Bordelais faisaient leurs joggings, leurs achats ou se baladaient.

La réaction chimique donnant sa couleur marron à la Garonne serait stoppée et l'eau deviendrait bleue puisque l'eau salée ne remonterait plus dans la Garonne.

Se débarrasser de ce pont-digue-barrage serait un chantier colossal, irréalisable, à cause des courants alternants de la Garonne, alliés à la difficulté à évacuer la structure qu'il faudrait au préalable découper et transformer en débris et gravats, une chose totalement impossible.

On aurait donc un fleuve magnifique, bleu et propre car depuis assez longtemps, on faisait attention à la Garonne, à ne pas y jeter trop de polluants, à la préserver au maximum des rejets toxiques.

D'ailleurs, l'estuaire de la Gironde était le moins pollué d'Europe et certains poissons de mer comme les aloses, lamproies, esturgeons et anguilles venaient s'y reproduire grâce à la bonne qualité du milieu.

Depuis sa source à 1 870 mètres d'altitude, dans le val d'Aran, sur les flancs du pic d'Aneto dans le massif de la Maladeta, dans les Pyrénées centrales espagnoles, jusqu'à son point de rencontre avec la Dordogne, au Bec d'Ambès, où ces deux fleuves deviennent l'estuaire le plus vaste d'Europe, l'estuaire de la Gironde, on contrôlait la propreté de la Garonne.

Même en traversant des grandes villes comme Toulouse, Langon ou Bordeaux, la Garonne restait propre. C'était d'ailleurs bien pour cela que Bordeaux pouvait se vanter que son fleuve soit traversable à la nage sans souci. Il ne restait donc plus aux Nouveaux Bordelais, qu'à rendre la Garonne visuellement belle, bleue, translucide et transparente et à en vendre des parcelles pour la transformer en marina pour millionnaires.

Grâce à la grogne organisée contre la Mairie actuelle avec les manifestations anti-Unesco illicitement subventionnées, ajouté à cela le choc de l'attentat du Pont Chaban-Delmas, filmé par toutes les télévisions qui allaient retransmettre le discours de la Présidente de la République, la Mairie serait restée impuissante et les Nouveaux Bordelais seraient passés en tête des intentions de vote et devraient gagner les prochaines élections municipales sans problème.

Une fois aux commandes de la Mairie, ils auraient pu changer le Plan Local d'Urbanisme et créer 8 îles artificielles rectangulaires, sur la Garonne avec l'aide de Nakheel Properties, spécialistes à Dubaï, dans ces chantiers.

Comme ils avaient acheté pratiquement tout l'immobilier qui bordait la Garonne, ces biens prendraient une valeur inestimable avec une magnifique vue sur une Garonne bleue transformée en marina pour personnes fortunées.

Ils seraient devenus les artisans et les créateurs des premières îles artificielles en France, au cœur d'une des villes les plus attractives de l'hexagone. C'était pour cela qu'ils avaient anticipé la fabrication de cubes de béton, le stockage de sable et de gravier, pour devenir les entrepreneurs de ce chantier pharaonique.

Il y aurait eut beaucoup de potentiels acheteurs et ils auraient pu faire grimper les prix de vente de manière spectaculaire, voire scandaleuse, pour ces futurs terrains gagnés sur la Garonne et aménagés par leurs entreprises. Ils se seraient aussi enrichis en monopolisant les chantiers de construction et en faisant fonctionner leurs entreprises de BTP à plein régime.

L'Agent Hily jubilait d'entendre De La Froisse confesser toute l'histoire. Elle avait bien compris depuis le matin que ce n'était pas une affaire concernant les bassins à flot. Elle s'était repassée, en boucle, les paroles de Vanillari : « Vous voyez petit, trop petit », et avait deviné quelques secondes avant le drame, en regardant la Garonne et le pont se lever.

Cependant, elle n'avait pas tous les tenants et aboutissants. Elle devait forcer De La Froisse à parler, c'était chose faite. Un peu brutalement, certes, mais la fin justifiait les moyens dans ce type de situation.

De la Froisse finit ses explications en pestant contre l'Agent Hily : « Sans vous nous aurions pu donner à Bordeaux un nouvel élan, une renommée mondiale, un braquage de projecteur ».

Elle avait surtout compris qu'ils avaient voulu gagner illégalement beaucoup d'argent en dérobant des explosifs pour dynamiter un ouvrage d'art iconique de Bordeaux, ce qui allait être à l'aube d'un changement géologique majeur qui allait contrarier la nature, la faune et la flore des rives du Port de la Lune.

L'Agent Hily lui expliqua, comme on explique à un enfant, que Bordeaux n'avait certainement pas besoin de cela pour exister. C'était une ville calme, connue dans le monde entier, en partie grâce à ses vins, mais aussi parce qu'elle était reconnue comme une des plus belles villes du monde, surtout depuis les grands travaux d'embellissement et de ravalements dont la ville avait bénéficié depuis quelques dizaines d'années. Elle était à échelle humaine puisqu'elle comptait moins de 300 000 habitants et qu'elle flirtait à peine avec le million si on comptait son agglomération. Elle avait toutes les infrastructures d'une très grande ville, jouissait d'un climat très agréable sans extrêmes et se trouvait à une distance raisonnable de l'océan, de la chaîne de montagne des Pyrénées ainsi que de l'Espagne.

Que demander de plus. Elle était déjà bien assez attractive, pas besoin d'en rajouter.

La Capitaine Violette ordonna de procéder à l'arrestation du Colonel De La Froisse et de tous les membres du groupe des Nouveaux Bordelais.

Ils étaient tous mêlés à cette histoire de près ou de loin, ils avaient tous opéré des transactions immobilières, ils étaient tous au courant, donc complices. Elle demanda aussi à ce qu'on envoie une équipe de déminage sur le pont pour récupérer les Chocolatines-C-4 afin qu'elles retrouvent leurs places à la Base Aérienne 106 qui allait changer de Commandant.

Le Maire de Bordeaux les remercia toutes les deux chaleureusement et la Présidente de la République, Laura Lucie, interpella l'Agent Hily qui venait de déjouer ce plan machiavélique : « Mais qui êtes-vous ? ».

« Agent Spécial Hily, DGSIE, au service de Bordeaux, pardon, au service de la France », répondit-elle.

« Hé bien, la France, et surtout Bordeaux, vous remercie Agent Hily. Vous faites honneur à votre pays, à votre ville et à votre service. J'ajouterais que vous avez un très joli nom de code, Agent Hily. Bravo et encore merci », conclut-elle.

L'Agent Hily rangea son 9 mm, hocha légèrement la tête pour signifier qu'elle acceptait ces remerciements et sourit discrètement en éprouvant ce sentiment de satisfaction du devoir accompli, mais aussi parce qu'elle allait enfin pouvoir retourner surfer avec son père et ses amies.

Et probablement qu'elle accomplirait aussi quelques pas de danse classique, sur sa planche, pour se relaxer, après ces quatre jours intenses, et s'offrirait gavé de chocolatines.

(Tof) FIN.

185

Si vous lisez ces lignes, c'est que vous avez probablement aussi lu le livre qui les précède.
Merci. Bravo. (d'être allé jusqu'au bout)

J'espère surtout que vous aurez passé un agréable moment, que vous aurez souri de temps en temps, que vous aurez peut-être appris quelques petites choses sur Bordeaux et que si vous n'êtes jamais venu à Bordeaux, cela vous donnera envie.
Avertissement : il n'est pas vraiment impossible qu'un léger détail ne soit pas totalement véridique dans ce bouquin : l'emplacement du COB sous la Place Gambetta dans une station de métro abandonnée, mais c'est à vérifier.

Désolé pour tous les autres merveilleux ou magnifiques lieux de Bordeaux que je n'ai pas cités, ça aurait été trop long et un peu chiant aussi.

Oui, je kiffe ma ville, ma région, mais bon, s'il fallait absolument déménager dans une immense villa, au soleil, sur une plage paradisiaque avec quelques bars sympas, des restaurants savoureux et un salon de massage sous une paillote posée sur le sable blanc et farineux devant l'eau translucide à 30 degrés où se croisent des poissons exotiques au détour de coraux multicolores, ben, j'irais direct.

Ce livre contient 45 414 mots.
Un bon dictionnaire français en contient 60 000.
Oui, je sais, je ne me suis pas trop fatigué, en plus, il y a plein de fois les mêmes mots.

Remerciements

Merci à l'Agent Hily :
- sans qui ce livre n'aurait pas existé
- sans qui on s'ennuierait
- d'être aussi inspirante
- d'avoir plein de supers amis que je me suis amusé à intégrer à l'histoire

Merci à Stéphanie pour :
- avoir mis au monde l'Agent Hily
- avoir corrigé mes centaines de fautes d'orthographe et de grammaire que ce P#%@&! de correcteur d'orthographe n'a pas détectées (et il doit en rester, ne m'en veuillez pas)

L'Agent Hily remercie la Capitaine Violette, l'Agent Nolan, l'Agent Taïssia, l'Agent Louna, l'Inspectrice Principale Lilou, l'Agent Hana-Rose, la Présidente de la chambre des notaires Andréa, la Chef Paloma et le Chef Solal, Juliette, Raphaël et Axelle, Margot et Carla, Tom et Éliott, l'Agent Julietta, l'Agent Pia, la Présidente de la République Laura Lucie, le Maire de Bordeaux Clément Arthur, Iris, les Cousins Jolhan et Jame, l'Agent Gab, les Agents Garance et Gabin, les hôtesses Lola et Aimie et la Danseuse Ninon.

Remerciements spéciaux : à la Vie, à l'Amour, au Chocolat, au Pessac-Léognan, au Chorizo, à la Plage, aux Apéros et Repas entre Amis, à tout ce qui nous fait Sourire, aux Couchers de Soleil, au Ciel Étoilé, aux Vacances et à ma Famille

Info de dernière minute : Vous ne le savez peut-être pas mais Bordeaux possède, elle aussi, sa propre statue de la Liberté. Pas aussi célèbre et imposante que celle de New York puisqu'elle ne mesure que 3 mètres de haut (contre les 93 mètres de celle de New-York) mais elle demeure tout de même une copie conforme à l'originale. Elle est située sur la place Picard, en plein cœur du quartier des Chartrons. Comme sa soeur américaine (offerte en 1886 par les Français aux Américains, pour célébrer le centenaire de la guerre d'Indépendance), elle a aussi été réalisée par le sculpteur français Auguste Bartholdi.

Et sinon, peut-être qu'un jour, vous trouverez, dans la même série :

Agent Hily : Opération Entrecôte Bordelaise
Agent Hily : Opération Canelé
Agent Hily : Opération Huîtres du Bassin
Agent Hily : Opération Caviar d'Aquitaine
Agent Hily : Opération « Ça daille »
Agent Hily : Opération Échoppe
Agent Hily : Opération « Ho Anqui »
Agent Hily : Opération Poches
Agent Hily : Opération Rocade
Agent Hily : Opération Mascaret
Agent Hily : Opération « Gavé de Chocolatines »
Agent Hily : Opération Dune Blanche
Agent Hily : Opération Puits d'Amour
Agent Hily : Opération Darwin
Agent Hily : Opération « Je fais de l'essence »

Bonus

La recette du cake de l'Agent Hily

- Dans un robot, mettre 4 œufs, 170 gr de sucre et une tasse à café d'huile de tournesol et mélanger.
- Ajouter 320 gr de farine, 1 sachet de levure et une cuillère à café d'arôme vanille et mélanger.
- Ajouter la moitié d'une plaque de chocolat noir préalablement découpée en morceaux, style pépites de chocolat et mélanger.
- Verser dans un moule à cake préalablement beurré. Si c'est en janvier, vous pouvez mettre une fève.
- Saupoudrer de gros sucre (sucre perlé), ce n'est pas obligatoire mais c'est bien meilleur.
- Mettre dans un four chaud à 180 degrés pendant 29 minutes.
- Démouler de suite à la sortie du four pour arrêter la cuisson afin que le milieu de l'intérieur (ou l'intérieur du milieu) soit à peine cuit.
- Bon ap.

PS : 29 minutes car :
- si 28 minutes, il ne sera pas assez cuit et il s'effondrera sur lui-même
- si 30 minutes, il sera bien cuit mais pas assez moelleux à l'intérieur

Autres bonus
(car il reste un peu de place)

La recette de Pad Thaï poulet de l'Agent Hily
recette rapide pour 3 personnes

- 200 gr de pâtes Thaï
- 300 gr de poulet
- 2 œufs
- 2 gousses d'ail + 1/2 citron vert
- cacahuètes non salées écrabouillées
- quelques feuilles de coriandre + piment
Pour la sauce : cuillères à soupe : 3 de sauce huître, 1,5 de sauce poisson, 1,5 de sauce soja, 1,5 de sucre, 6 d'eau
Optionnel :
- 100 gr de Tofu dur (à frire en cube à la poêle)
- une poignée de haricots mungo (soja)

Dans un wok ou dans une poêle, faire dorer l'ail en petits morceaux dans de l'huile.
Ajouter le poulet en dés et le faire dorer.
Ajouter les œufs en mélangeant puis cuire 1 minute.
Dans une casserole, faire cuire 4 min (sur les 5 demandées) les pâtes, **les rincer à l'eau froide.**
Ajouter les pâtes dans le wok + la sauce + la coriandre et cuire pendant 3 minutes en mélangeant bien. (Ajouter les haricots Mungo et le tofu 30 secondes avant la fin si vous avez pris l'option)
Servir avec un petit morceau de citron vert et les cacahuètes et le piment (à saupoudrer)

Nutella Bio de l'Agent Hily (l'Hilytella)

- noisettes bio torréfiées : 220 gr (43 %,)
- chocolat au lait : 200 gr (36 %)
- sucre glace : 100 gr (18 %)
- arôme naturel vanille : 1 cuillère à café (1 %)
- huile de tournesol bio : 1 cuillère à soupe (2 %)

Assurez-vous d'avoir un blender (ou robot) costaud. Mixer d'abord les noisettes jusqu'à obtenir une pâte de noisette. Ajouter le chocolat (Milka) et mixer bien. Ajouter le sucre glace, la vanille et l'huile et remixer, c'est prêt.
Vous pouvez faire varier les chocolats (chocolat noir, blanc …) et les dosages (plus il y a d'huile et plus c'est onctueux et ça ressemble aux produits du commerce)
Oui, c'est pas très light, mais le vrai Nutella, c'est :
- sucre : 53 %
- huile de palme : 17 %
- noisettes pas bio : 13 %
- lait : 8 %, cacao maigre : 7 %,
- lactosérum : 1 %, lécithine de soja : 1 %

Et n'oubliez pas que :
- On peut tromper une personne mille fois, on peut tromper mille personne une fois, mais on ne peut pas tromper mille personnes, mille fois.
- Le lundi, c'est ravioli.
- Il ne faut jamais tromper la confiance que tes parents ils ont mis à l'intérieur de toi.
- Il ne faut pas dépasser les bornes des limites.